今野 浩
Hiroshi Konno

工学部
ヒラノ教授の
終活大作戦

青土社

工学部ヒラノ教授の終活大作戦　目次

工学部ヒラノ教授の終活大作戦

1　エンジニア廃業

退場命令

今思い返してみると、二〇世紀の「工学部教授」は恵まれた職業だった。給料は一流企業に勤めるエンジニアとあまり違わなかったし、〝われわれが経済大国を支えている〟という誇りを持って、研究・教育に励むことが出来たからである。

ところが二一世紀の工学部教授は、きつい・暗い・金欠の〝3K職業〟になってしまったようだ。〝工学部ヒラノ教授シリーズ〟の読者からは、「ヒラノさん。あんたの時代はよかった」「まるでおとぎ話を読むようだ」「おれたちの未来は真っ暗だ」といった、灰色のコメントが寄せられている。

事実、二〇〇四年に国立大学が法人化されてから、大学教員の給料や退職金は（一部を除いて）一割以上減っている。また常勤ポストが削減されたため、短期（三年～五年）雇用の教員が増えている。身分が安定しない職場で働く助教諸君の辛さを考えると、恵まれた時代を過ごしたヒラノ教授の心は痛む。

国立大学の研究環境が劣化したことを示す一つの事実は、長らくアメリカに続く不動の二位を維持していた日本人の発表論文数が、二〇一六年には四位に落ちてしまったことである。イギリスの科学誌『ネイチャー』が報じるところによれば、二〇一二年から一六年までの五年間で、自然科学系の論文数は八%も減少したという。

論文は数が多ければいいというものではない。大多数は、誰も読まないジャンク論文だからである。しかし、先進諸国の中で日本だけが減り続けていることに、ヒラノ元教授は危機感を募らせている。なぜなら論文の質は量に比例する傾向があるからだ。実際、日本人研究者が書いた論文が、世界の研究者から引用される回数は減少傾向を示している（被引用回数は、論文の質を測る重要な指標の一つである）。

このあたりについては、書くべきことが沢山ある。しかし、それは別の機会（もしくは別の人）に譲ることにしよう。

恵まれた時代を生きたヒラノ教授といえども、いつでも順風満帆な研究生活を送ったわけではない。草創期の筑波大学で、〝ぽっと出〟の助教授（民間企業から採用された教員に対する蔑称）を務めていた八年間は、年間わずか三〇万円の研究費で、実力不相応な大難問に取り組んだせいで、これといった成果を上げることはできなかった。

ところが、八〇年代初めに東京工業大学（東工大）に移籍して間もなく、幸運の女神が舞い降りた。落選続きだった、文部省（現在の文科省）の「科学研究費（科研費）」が支給されることになったのである。それも、年収を上回る八〇〇万円もの大金が。

研究という営みは、金鉱探しと同様、当たるも八卦当たらぬも八卦のギャンブルである。巨額な探鉱費を手に入れたギャンブラーは、体力に任せてあちこちを掘り返した。そして八〇年代半ばに、運よく二つの大きな鉱脈を掘り当てた。

このあと、優秀な大学院生と協力して研究に励んだ結果、三年間で七編の論文を書くことができた。そのおかげで、三年後にまた九〇〇万円の科研費にありついた。研究費があれば研究成果が出る。工学の分野では、発表論文数は研究費と大学院生の数に連動するのである。

内容は玉石混交だと言うものの、〝下手な鉄砲も数撃ちゃ当たる〟という諺の通り、四半世紀にわたって書き続けた一五〇編の論文の三分の一は、まずまずの出来だった。これだけ多くの論文を書くことが出来たのは、優秀な学生と研究費に恵まれたおかげである。

満六〇歳で東工大を定年退職した後、中央大学（中大）で一〇年間教鞭をとった。そして二〇一一年三月に定年退職した後も、約三〇〇万円の科研費が支給されることになっていたので、それまで通り研究を続けるつもりだった。

ところが、定年四カ月前になって突如事務局から、「退職される先生は、（事務手続きが面倒なので）研究代表者を辞退していただくことになりました」という一方通告があった。そこで、共同研究者に代表者を引き受けてもらおうとしたところ、代表者の交代は文科省が認めてくれないという。

ノーベル賞を受賞した大村智教授（北里大）や大隅良典教授（東工大）のように、現役時代に傑出した業績を挙げた研究者は、「特別栄誉教授」や「特別招聘教授」といった恭《うやうや》しいポストを提供され、定年後も研究を続けることが出来る。

しかし、（ヒラノ教授のように）特に傑出しているとは言えない大多数の教授は、定年退職とともに糧道を絶たれる。研究費、実験室、学生、秘書を剥ぎ取られた元教授は、獲物を捕まえる力を失ったライオンのようなものである。

中には、定年後も自腹を切って研究を続ける人もいる。しかし、工学系研究者の場合、現役時代に匹敵する成果を挙げる人は稀である。なぜなら、工学の研究にはお金と人手が必要だからである。

たとえば、私の専門である数理工学（数理計画法と金融工学）の研究は、次の四つのフェーズからなっている。

1　工学上の問題を数理モデルとして定式化する。

2　定式化された数理モデルの解法を考案する。

3　計算機実験によって、考案した解法の正しさと実用性を実証する。

4　計算結果を現実の問題に照らし合わせて、研究の有用性を示す。

このうちフェーズ1と2は、脳細胞の賞味期限が切れていなければ、ライバルと互角に戦うことができる。一方フェーズ3では、市販されている高性能ソフトウェアと、自分が作成したプログラムを組み合わせて、大規模な計算を実施する必要がある。

ところが、大学などの公的研究機関に所属する研究者は、ソフトウェア会社の〝アカデミック・サービス〟を利用して、低廉な価格で高性能ソフトウェアを利用することが出来るのに対して、一般のユーザーはその何倍もの料金を請求される。年金暮らしの元教授ごときが払えるような金額ではない。

事務局から退場命令があったのは、数年前から取り組んできた「企業の自動格付け法」が実用化される見通しがついた時である。企業から巨額な格付け料金を要求する「S&P」や「ムーディーズ」など、アメリカの強欲であてにならない格付け会社に一矢報いるための研究である。

この研究がうまく行けば、数万社の中小企業に対する適正な貸し出し金利を、一分以下で算出することが出来る。これこそ、東工大時代の同僚だった故・白川浩教授が命懸けで取り組んだ、「インターネット上での自動与信システム」のカギを握るコア・テクノロジーである。

しかし、この方法の有用性を実証するためには、大量かつ高価な企業財務データを使って、大掛かりな計算実験を行う必要がある。お金とマンパワーがなければ、手も足も出ない作業である。

三〇〇万円を召し上げられた私は、「こんなことってありか!?」と呟いて天を仰いだ。そして次の瞬間に思った。〝これは天の配剤かもしれない〟と。

ノーベル物理学賞を受賞した江崎玲於奈博士（元筑波大学長）の観察によれば、一般的に言って、理工系研究者の独創性は、四〇代半ばにピークを迎えた後徐々に衰え、七〇歳でゼロになるという（このトレンドを外挿すると、古希を過ぎた老人の独創性はマイナスになるかもしれない）。

残念ながら、私にもこの法則が当てはまるようだ。四〇代半ばから六〇歳までに書いた論文に比べると、六〇代に入ってから書いた論文には力がないのである。これは独創性が落ちた証拠である。

〝古希を過ぎた工学部元教授が書いた論文は、ものの役に立たないばかりか、害毒を流すことすらある。ここから先の研究は、独創性が残っている若い人たちに任せ、嵐山光三郎氏が言うところの「人生場所・七五年」の最後の五年間を、工学部の語り部として過ごす方が賢明ではないか〟。

「工学部の語り部」とは、かつて世界最強を誇った製造業を支えたにもかかわらず、関係者以外にはほとんど知られていない、〝日本の秘境・工学部〟とそこに住むエンジニアの生態を、世間一般の人々に知ってもらうための仕事である。

〝この仕事であれば、独創性が衰えても、また研究費や学生を取り上げられても、成果を出すことが出来る。まだ誰も手掛けていない隙間ビジネスだから、四半世紀前に金融工学に参戦した時のように、創業者利益を手に入れることが出来るかもしれない〟。

退職後、年間三〇〇〇時間分の仕事（研究・教育・雑用）を失う私には、難病と闘う妻の介護という大事な仕事が残るはずだった。ところが妻は、退職後三日目に夫を残して旅立った。このため、更に三〇〇〇時間分の仕事が消失した。

そこで私は、〝妻は夫に語り部としての時間を残すために死んだのだ〟と考え、一日九時間以上キーボードを叩き続けた。ウツにならずに済んだのは、このおかげである。

ヒラノ教授シリーズの第一作『工学部ヒラノ教授』（新潮社、二〇一一）を上梓したとき、かつての同僚の間から、

「まともなエンジニアは、あのような本は書かない（陰の声：やっぱりあいつはまともじゃなかった）」

「工学部の語り部を名乗っているが、実のところは仲間の顔に泥を塗る暴露屋だ」

「書かれているのは、（工学部関係者であれば）誰でも知っていることばかりだ」

などと批判する声が聞こえてきた。

しかし大半の読者は、語り部の意図を理解してくれたようだ。特に、前掲の本で紹介したエンジニアの規範「工学部七つの教え」は、文系識者諸氏から驚きをもって迎えられた。「彼らはこんなことを考えていたのか！」

また、〝寡黙な働き蜂〟を夫に持つ工学部教授夫人からは、「なぜ主人がこれほど忙しいのか、よく分かりました」というお手紙をいただいた。

新聞や雑誌の書評で好意的に取り上げられたおかげで、この本は二年後に出た文庫版を合わせて、三万部を超える売り上げがあった。ノン・フィクション離れが進む中で、予想をはるかに上回る好成績である。

この後も毎日九時間以上語り部作業を続けたおかげで、退職後五年半の間に一四冊の本を出すことが出来た。内容は論文と同様玉石混交で、売り上げが一万部を超えたものは多くなかったが、無事〝人生場所の楽日（七六回目の誕生日）〟を迎えることが出来た。

パソコンの中には、このほかに七冊分の未発表原稿が残っている。それぞれ四〇〇字詰めの原稿用紙で三〇〇枚以上の分量があるから、これまでに出した一四冊分を加えれば、定年後の五年半で九〇〇〇枚近い文章を書いたことになる。一年あたりに換算すれば、約一五〇〇枚である。

これは、二〇世紀後半の日本を代表する文芸評論家・江藤淳氏の半分、わが国の経済論壇に君臨する野口悠紀雄教授の三分の一（もしくは四分の一）に相当する分量である。

ところが文芸評論や経済評論と違って、ノンフィクションの場合は、これだけ書くと種が尽きる。新しいネタを仕入れるためには、あちこちに足を運ばなくてはならない。しかし、元教授が新しい情報にアクセスするのは容易でない。大学時代の後輩諸氏は、〝暴露屋〟にはなかなか口を開いてくれないからである。

最近はネット検索によって、かなりの情報を集めることが出来るようになったので、ひたすら検索に励んだが、現役時代に手にしていた情報量には遠く及ばない。

種が尽きたところで命が尽きれば、めでたし、めでたし。ところが七五歳で人生場所を終えるはずだった私は、間もなく喜寿を迎える今日もまだ生きている。若き日のシンガーソングライター吉田拓郎氏が、「今日までそして明日から」という曲の中で、

〝わたしはきょうまで生きてみました。ときにはだれかの力をかりて（中略）。
そしていまわたしは思っています。明日からもこうして生きていくのだろうと〟

と歌ったように、今日まで生きてきた私は、明日もまだ生きているだろう。そして明日生きて

いれば、明後日も生きている可能性が高い。それでは、書くべきことを書き尽くした後、何をやって過ごせばいいのだろうか。

妻が健在であれば、八ヶ岳の別荘、伊豆高原の会員制ホテル、墨田トリフォニー・ホールのコンサート、なじみのレストランなどに出かけて、『頭の体操シリーズ』で大富豪になった故・多湖輝博士（千葉大学名誉教授）が提唱した〝楽老生活〟を送ることができたかもしれない。

しかし独居寡夫は、これまた多湖先生が推奨する、〝きょうようときょういく〟（今日の用事を済ませ、今日行くべきところに行く）だけで精いっぱいである。

電車は外国人が多いのでくたびれるし、バスはシルバーパス族だらけなのでうんざりする。ボランティア活動に参加したくても、そのための体力がない。視力が衰えたので、読書するとすぐに疲れる。

退職時に中大から下賜された大型テレビで、オペラ、コンサート、映画などの鑑賞、サッカー、相撲などの観戦（野球やテニスも面白いが、いつ終わるか分からないので禁欲中である）、ウォーキング、買い物、友人との会食など、楽しみはいくつかある。しかし、それだけで余生を過ごすのはむなしい。何もやらなければ、早晩認知症になる。

二〇一六年の手帳を調べると、私が背広とネクタイを着用して外出したのは八回だけである。少なすぎると思われるかもしれないが、工学部元教授の生活は、一握りのセレブ（ノーベル賞受賞者、文化勲章受章者、有力大学の学長を務めた人、長く政府審議会の委員を続けた人など）を除けば、誰も似たり寄ったりである。

例えば、ある高名な数理工学者（京大名誉教授）の手帳は、半年先まで真っ白だったし、知り合いの応用化学者（東大名誉教授）は、「外出するのは、犬の散歩のときくらいだ」と言っていた。誇張だと思ったが、奥さんに聞いたところ本当らしい。

私の場合は少しばかりましだが、一日も欠かさないウォーキング（兼買い物）を除けば、外出するのは週に二〜三回である。

その内訳は、妻のお墓参り（週に一回）、娘の慰問（月に一〜二回）、息子宅訪問（年に三〜四回）の他に、学会などの公式会合が年に四〜五回、友人との会食が年に十数回、クリニック通い（内科、眼科、歯科）が約二〇回、とこやさんが月に一回、整体治療と区立図書館が隔週一回、映画館が年に三〜四回である。外出はこれがすべてである。

中学・高校時代の友人（三グループ）、大学時代の友人（二グループ）、現役時代に楽しい時間を共有した学生（筑波大、東工大、中大、各一グループ）、そしてかつての職場の同僚（三グループ）の合計一一グループが、それぞれ年に一〜二回開催する会食には、可能な限り出席する。

会食仲間のうち、理工系学部を出た人の大半は、退職金と年金が頼りのつつましい生活を送っているようだ。そこで、退役エンジニアの懐具合を示す事実を一つ紹介しよう。

会食の席で私が、「セコムに加入すれば、独居寡夫生活でも腐乱死体にはならないで済む」とジョークを飛ばしたところ、「どのくらいのお金がかかるのか」と訊ねられたので、「一〇万円ほどの初期費用のほかに、月々五〇〇〇円」と答えると、「俺にはとても払えない」と呟いたのは、大電機メーカーを六〇歳で定年退職したエンジニアである。

望ましい二人称の死

以前からよく承知していたことであるが、後期高齢老人が抱える最大の問題は、〝いかにして上手に人生を終えるか〟である。会食の際の退役エンジニアのおしゃべりは、政治・経済・社会問題から始まるが、しばらくすると健康問題と終活に収斂していく。

そこで話の種を仕入れるために、インターネットで「終活、本」を検索してみた。すると、四〇〇冊ものタイトルが画面に現れた（特に最近、加速度的に増えているようだ）。多くの読者に読まれたと思しき本の大半は、重病にかかって死を前にした人が書いたものと、有名人のかくあるべし本である。あまりにも多いので、どれを読めばいいか分からない。

ここで思い出したのは、一〇年ほど前に読んでまだ廃棄していなかったはずの、嵐山光三郎氏の『死ぬための教養』（新潮新書、二〇〇三）と、養老孟司氏の『死の壁』（新潮新書、二〇〇四）である。

嵐山氏の本を読み返して分かったのは、教養がなければろくな死に方はできない、ということである。〝私には教養がないから、ロクな死に方はできそうもない〟と思ったが、教養豊かな人でも、死を前にしてジタバタすることも分かった。つまり、教養は上手に死ぬための必要条件ではあっても、十分条件ではないのである。

学生時代の友人の多くは、年老いたジュリアス・シーザーのように、〝ある日予期せぬ突然の死〟、今の言葉でいえばPPK（ピンピンコロリ）願望を口にする。しかしPPKは運任せで、幸運に与かることができるのは高々一〇人に一人である。

またPPK願望は、必ずしも本音とは限らない。その証拠に、七六歳の老人が夫人とともにニューヨーク在住の娘さん一家を訪れ、楽しい一週間を過ごして日本に戻った直後に心筋梗塞で急死した時、私は〝これぞ完璧なPPKだ〟と感嘆したが、友人たちの間で「気の毒なことをした」というメールが飛び交った。

一方、養老孟司先生の『死の壁』には、〝人間には三種類の死がある〟と書かれていた。まずは一人称の死、すなわち自分の死。次は二人称の死、すなわち親族や親しい友人の死。三つ目は、自分には直接関係がない三人称の死である。

この本を読んで分かったのは、〝一人称の死は、自分には認識できないので、考えてもどうにもならない。三人称の死は、自分には関係がないので考える必要はない。考えるべきことは、二人称の死だけだ〟ということである。

死とは何なのか、自分はどのような死を迎えるのか、死後の世界はどうなっているか、といった答えが出ない問題は、考えすぎるとウツになるので、哲学者にお任せしよう。エンジニアたるものは、答えが存在しない問題や、自分では解けそうもない問題よりは、まず答えが出そうな問題、たとえば〝自分が死んだときに、家族や親しい人たちに辛い思いをさせないためにはどうすればいいか〟、を考えるべきなのだ。

この点から見れば、PPKは必ずしも望ましい死に方とは言えない。なぜなら、多くの未処理問題や大きな負債を残して突然死ぬと、残された家族が大迷惑するからである。

そこで私はPPKではなく、〝望ましい二人称の死〟、すなわち〝家族や親しい友人に対して迷惑をかけない、もしくは恥ずかしくない死〟を目指す終活に取り組むことにした（これだけでも、やるべきことは沢山ある）。

この本で記すのはNNS、すなわち〝望ましい二人称の死〟を迎えるための、ヒラノ式終活作戦である。類書との差別化を図るため、これまでのヒラノ教授シリーズと同様、〝具体的、定量的、かつ赤裸々〟に記述するよう心掛けた。

拙速主義卒業

大学に勤めていた時代の私の最も重要な職務は、研究と教育だった。工学部教授は、年に三編以上の論文を発表しなければ研究競争から脱落するので、一刻を惜しんで研究に励み、論文がまとまると直ちに（拙速で）専門ジャーナルに投稿した。ぼやぼやしていると、ライバルに先を越されてしまうからである。

研究は宝探しのようなものだから、うまくいく時があればいかないときもある。うまくいかないときは落ち込む。しかし幸いなことに、大学教授には教育という逃げ場があった。

講義やゼミで、若くて優秀な学生と付き合っていると気が紛れる。博士課程を出る学生が、一流の研究機関に採用されたときは、わがことのように嬉しい。学生たちと飲み会でワイワイやるのも楽しい。

研究も教育もうまくいかないときには、雑用（大学を運営していく上で発生する種々雑多な仕事）をやればいい。

図書委員、レクリエーション委員などの簡単な仕事はともかく、就職委員や（アカハラやセクハラに対処するための）風紀委員になると、かなりの時間を取られる。入試委員になったら、著しく多様化した入試制度のおかげで、会議、会議、会議の連続である。また学科主任を務める年は、週に最低二日は雑用でつぶれる。

一般的に言って、研究至上主義の工学部教授は、研究の支障になる雑用を敬遠する傾向がある。確かに、できることならやらないで済ませたい仕事が多い。しかし、当たるも八卦あたらぬも八卦の研究と違って、適度な雑用は投入した時間に見合う成果が上がる。成果が上がれば、それなりの満足感が得られる。

そうこうするうちに、研究意欲が戻ってくる。そこでデッドロックに乗り上げていた問題に取り組むと、新しいアイディアが浮かんでスルスルと解ける。いつでもそうとは限らないが、教育・雑用をやっている間に、脳みその中で問題が熟成するのである。

退職後の五年あまり、私は工学部の教えに従って、〝拙速を旨として〟文章を書いてきた。研究者と違って工学部の語り部には、他人に先を越される心配はない。こんな仕事をやっている物好きは、私以外にはいないからである。しかし、あまりゆっくりしていると、寿命に先を越されてしまう。

大出版社の担当編集者は、「ヒラノ先生は流行作家ではないのですから、年に一冊程度のペースでお出しになるほうがよろしいのではないでしょうか」とブレーキを掛けた。しかし私は、人生場所が終わる七六歳の誕生日を迎えるまでに、書くべきことはすべて書いてしまおうと思っていた。毎年一五〇〇枚以上の文章を書いたのはこのためである。

一方この本の原稿は、これまでの拙速主義を放棄して、なるべくゆっくり、そして丁寧に執筆することを心がけた。この本を書き終えたら、未発表原稿の改訂作業以外には、何もやることがなくなるからである。

年に三〇〇〇時間以上働かされていた、筑波大のブラック・計算機科学科から、七〇〇時間しかやることがない、東工大のホワイト・一般教育組織に移ったとき、私は〝真っ白な時間〟のプレッシャーで心身症に罹った。このときは、巨額な研究費と大量の雑用が降ってきたおかげで救われたが、あの〝白い恐怖〟は二度と経験したくない。

オーストリアの大作曲家アントン・ブルックナーは、若いころに作曲した、長大な交響曲のエンドレスな改訂作業で老後を過ごしたということだが、在庫原稿の改訂作業だけで時間をつぶすのは空しい。

2　ステマノフスキー

半・幽閉生活

今から約一〇年前の二〇〇七年七月、私は一〇年越しの難病と闘う妻とともに、勤務先である中大理工学部に近い介護付き有料老人ホームに入居した。病院ほどではないとしても、さまざまな決まりがある生活は、それまで自由に過ごしてきた健常者にとって、半・幽閉生活だったが、それでも自宅介護に比べれば極楽のような毎日だった。

そこで私は、妻が生きている限りは介護施設に住み、死後は自宅に戻るつもりだった。ところが妻は、「再婚する気がなければ、ずっとここに住み続ける方がいい」と主張した。その理由は、

・これまで気ままに生きてきた夫が、息子の家でお嫁さんの世話になって暮らすと、ろくなことはない。

・子供たちは、年老いた父親が一人暮らしをしていると気がかりだろう（自分でも気がかりな

ことが沢山ある)。

・自宅に戻っても、数年後には再び介護施設のお世話になる可能性が高い。その際にまた高額な入居一時金を払うより、ここに住み続けた方が有利ではないか。

・一人暮らしだと、栄養管理や健康管理が行き届かないので早死にする。

いちいちもっともな意見である。何事にも控えめな妻は、夫の行動を束縛することは稀だったが、重要なところでははっきり意見を述べた。そしてその意見はいつも正しかった。

しかし夫は迷っていた。一人になった場合、施設に払う費用は年間約三三〇万円である。それ以外に車の維持費、所得税、固定資産税、健康保険、介護保険などが二〇〇万円。介護施設の給食は△なので、それを断って外食・中食すると、年に五〜六〇万円はかかる。このほかに、要介護度三の娘の介護施設経費負担が約二〇〇万円。五人の孫たちの教育費補助が一〇〇万円。一年あたりの出費合計は約九〇〇万円である。

現役中の手取り給料プラス副収入は、これとほぼトントンである。しかし、退職後は年金が四〇〇万円弱で、副収入(原稿料、印税、有価証券投資の収益)は高々二〇〇万円止まりである。したがって、年間約三〇〇万円の赤字になる。

何かをカットしなければならないと考えた私は、まず車を手放した。月に二回、娘が暮らす三郷の介護施設を訪れるときには、レンタカーを借りれば、年間経費は二〇万円以下で済む。

また、住宅ローンの残金一三〇〇万円を繰り上げ返済すれば、年間四〇万円の金利負担がなくなる。その一方で、私が死ねば住宅ローンの残金は保険でカバーされるから、返済しない方がいいかもしれない（これは長らく悩ましい問題だったが、三年後にある事実が明らかになったため、あっさり解決した）。

娘の介護費用は、絶対に払わなくてはならない（だから、娘より先に死ぬことはできない）。孫たちの教育費補助は、生きている限りは続けたい。減らせるところがあるとすれば、介護施設を退去して自宅に戻ることだけである。そうすれば、年間三〇〇万円の赤字は一〇〇万円に減る。娘の病状が悪化して介護費用が増えても、何とかなるだろう。しかし私は、なかなか決心がつかなかった。

仕事の合間にインターネットを眺めていたところ、〝妻を失った高齢独居寡夫の六割は、三年以内に死ぬ〟という脅迫文が見つかったからである。実際、奥さんに先立たれた後、三年以内に死んだ知り合いは五人もいる。

古くは、愛妻の病死後一年もせずに自殺した、文芸評論家の江藤淳氏（六五歳）。夫人が事故死したあとウツになり、三年後に亡くなった中大時代の同僚（七一歳）。夫人をすい臓がんで亡くしたショックで、一カ月もしないうちに死んでしまった元企業勤めのエンジニア（八二歳）

など。

考えられる理由はいろいろある。

高齢男性には生活力がない人が多い。
妻に先立たれた老人は生きる意欲を失う。
一人暮らしだとアル中、うつ病、認知症になりやすい。
食生活が乱れる。
健康管理がおろそかになる。

などなど。

〝三年以内に六〇％が死ぬ〟というデータを単純に外挿すれば、〝六年以内に八四％が死ぬ〟ことになる。つまり、妻の死後六年近く生きている私は、古来稀な老人だということである。しかしよく考えた結果、この脅迫は〝統計データのまやかし〟であることがわかった。

統計データは、日常生活に欠かせないものである。しかし、『統計学が最強の学問である』（西内啓著、ダイヤモンド社、二〇一三）という、手放しの統計学礼賛本がある一方で、『統計でウソをつく方法』（ダレル・ハフ著、講談社ブルーバックス、一九六八）という、意地悪なベストセラーもある。

東工大で一〇年以上にわたって、〝一般教育としての〟統計学を担当していた関係で、私は正統的な統計学の本だけでなく、ハフの本を熟読した。私が次の命題に到達したのは、そのおかげである。

命題――〝妻を失った高齢寡夫の六割は三年以内に死ぬ〟という脅しをまともに受け取る必要はない。

証明――日本人女性の平均寿命は八三歳である。そこで、老人男性の妻が八三歳で死んだものとする。このときの夫の平均年齢は、八五～六歳である。日本人男性の平均寿命は八〇歳だから、三年以内に六割が死んでも何の不思議もない。

妻が平均健康寿命（自分のことは自分でやれる寿命）である七四歳で死んだ場合も、夫の平均年齢は七六～七歳だから結論は変わらない。妻が七〇歳になる前に死んだ場合、四年以上生きる老人は大勢いる。しかし、六〇歳から七〇歳までの間に死ぬ女性は一〇％程度だから、結論は変わらない（以上証明終）。

この証明は、ヒラノ教授が現役時代に書いた数理工学の論文に現れる定理の証明に比べると、著しく厳密さに欠けるが、大筋は正しいはずである。要は、〝妻を失った高齢寡夫が死にやすいのは確かであるが、妻を失わない高齢老人に比べて著しく死にやすいわけではない〟ということである。

母親に冷遇されたおかげで、私には生活力がある。買い物は幼稚園児のころからさんざんやらされたし、食事作りは一年間の海外単身生活の間に習得した。掃除、洗濯、ごみ出しなどの家事は、妻を介護している間に慣れた。

蜂の子とナマコ以外に食べられない物はないいし、腹を壊したり風邪をひいたりすることも滅多にない。〝体力は衰えたが、まだ当分は一人で暮らせそうだ〟。

しかし私は妻に対して、「(再婚する気はないので)ずっと介護施設に住むつもりだ」と言い続けた。アガサ・クリスティーのミステリーに登場する、ミス・マープルのように洞察力がある妻が、嘘つき亭主の言葉を信じたかどうか分からない。しかし亭主は、〝経済状態を考えればこうするしかない〟、と判断した。

結局私は、妻が誤嚥性肺炎を起こして気管切開手術を受けたため、介護付き有料老人ホームを追い出されて、大きな個人病院に併設された介護施設に移った半年後に、妻には内緒で自宅に戻った。

断捨離

妻はステマノフスカヤ（夫が尊敬の念を込めて使っていた、〝もの捨て魔〟に対する尊称）だったので、マンションの中はよく整理されていた。しかし、退職の際に大学から大型段ボール四五個分の本（約五〇〇冊）や書類を運び込んだため、急に雑然とした空間に変わった。

三本の二段式本棚の中には、ざっと一五〇〇冊の本が詰まっているから、五〇〇冊を収納するためには、五〇〇冊を捨てなくてはならない。大学に置いてあった二〇〇〇冊の中から、家に運ぶ五〇〇冊を選び出すために二週間以上かかったから、一五〇〇冊から五〇〇冊を選ぶには、一週間くらいかかるだろう。

捨てるものを選び出した後は、台車に乗せてゴミ置き場に運ぶ。広いスペースがあるから、いくら運んでもゴミ置場が満杯になる恐れはない。しかし、バラバラの状態で捨てるわけにはいかないから、一〇冊くらいまとめて紐で縛る必要がある。利き手が腱鞘炎に罹っているので、これにもかなり時間がかかる（一年後に、一〇〇円ショップで〝クルクル縛り器〟を買ってから、この問題は解決した。一〇〇円ショップ、侮るべからず）。

妻と違って片付けが下手な夫にとって、普通にやれば一週間以上かかる大仕事である。しかし、そのような悠長なことを言ってはいられない事情があった。肺炎がぶり返して高熱を出している妻は、いつ死んでもおかしくない状態にあった。

私は妻が死んだあと、葬儀場に運ぶ前に自宅に連れ帰りたいと考えていた。最後まで〝自分のお城〟で過ごしたいと願っていた妻は、やむを得ざる事態が発生したため、介護施設に入った（このあたりの事情は、『工学部ヒラノ教授の介護日誌』（青土社、二〇一六）で詳しく書いた）。だから死んだあとは、せめて一夜なりとも、自分のお城で眠らせてあげたいと考えたのである。

私は毎朝四時に起きて、五時前に家を飛び出し、介護施設に妻を見舞った後、昼過ぎに自宅に戻り、夜遅くまで片付けに取り組んだ。ステマノフスカヤの夫は、ステマノフスキーに変身した。

妻が死んだのは、片付けが終了した翌日だった。私はタッチの差で、妻をゴミだらけの部屋に寝かせずに済んだという次第である。

あれから五年半、大学から運びこんだ本の中で、一度でも手を触れたことがあるものは、せいぜい一〇〇冊に過ぎない。五年間一度も手を触れなかった本の大半は、これから先の五年も触れないだろう（五年後まで自宅で暮らせる可能性は低い）。つまり、大学から運び込んだ本の八割は、あのとき捨てても良かったのだ。

放っておくと、本や雑誌はたちまち増殖する。〝買って損した本〟はその都度捨ててきたが、五年の間に一〇〇冊以上増えてしまった。本棚からはみ出した本・雑誌・マンガが、机の上や足元に散乱している。このまま死ぬと、息子のお嫁さんに対して恥ずかしいので、満七五歳になったところで一念発起して、廃棄作業を開始した。

残っているのは、留学時代に隅から隅まで読んだＯＲや数学の教科書、大学に勤めるようになってから買い込んだ専門書、若いころに感銘を受けた『復活』『チボー家の人々』などの古典。笑い転げた井上ひさしの笑説や、阿刀田高、小川洋子、塩野七生氏らの小説とエッセイ。『エリザベート』『パトリシア・ニール自伝』『キャサリン・ヘプバーン』などの伝記もの（ヒラノ老人は、子供のころから偉人伝が大好きでした）。その他、手塚治虫、浦沢直樹、山下和美などのマンガ（ヒラノ教授は現役時代、毎週『週刊モーニング』を愛読していました）。

教科書や専門書の中には、血となり肉となったものが多い。〝今は忙しくて読めないが、いずれ時間ができたら読もう〟と思って保存していた専門書もたくさんある。しかし、これらの本を開いた私は愕然となった。五年前と違って、細かい活字が読めないのである。老眼鏡に変えても読み辛い。五年間、毎日九時間パソコンと向き合っていたため、そして白内障が進んだために、視力が大幅に衰えたせいである。

そこで眼鏡を買い替えたが、状況はあまり改善されなかった。細かい活字を読むためには、『ピノッキオ』に登場するゼペット爺さんのように、拡大鏡を使わなくてはならない。

ところが、頑張って読んだところで、若いころに分からなかった専門書が、間もなく喜寿を迎える老人に理解できるとは思えない。その上、きっぱり諦めたはずの研究に対する未練が頭をもたげたら、厄介なことになりかねない。かくして、四〇冊の専門書は廃棄することが決まった。

またそのうち読もうと思って保存しておいた、評論やノンフィクションの類いは、もはや手に取る気になれない。ここで思い出したのは、東工大時代に同僚だった文学者の故・川嶋至教授の警告、「本は買ったときに読まなければだめですよ。後で読もうと思っても、読みませんからね」である。

次に廃棄が決まったのは、十数冊の辞書である。今や英和辞書、独和辞書などは無くても全く困らない。Wikipedia で調べれば、おおよそのことは分かるからである。物書きにとって大事な『広辞苑』は、活字が小さいので拡大鏡がなければ読めない。残したのは、大野晋の『類語国語辞典』（角川書店）だけである。

この他、専門的事典の類が二ダースほどあるが、前世紀中に出版されたものは、内容が時代遅れになっているので、自分が執筆に加わった八冊と、比較的新しいもの二冊以外は捨てることにした。これで、六〇冊が古紙業者に引き取られることになった。

次は自分が書いた二一冊の本の処分である。東工大時代に書いた本の大半は、すでに絶版になった。一万部以上売れた二冊の教科書は、適宜改訂を施していれば、今でも売れていたはずだが、論文書きに熱中するあまり、改訂する時間が取れずにいるうちに、時代から取り残されてしまった。

一万部以上売れたもう一冊の教科書は、中大を退職する直前に改訂版を出したが、オリジナル・バージョンに比べると、売れ行きは芳しくない。その理由は、コピー機が進化したことである（と私は思っている）。

定価三〇〇〇円の教科書を図書館から借りだして、一冊丸ごとコピーする費用は一〇〇〇円以下である。必要な部分（半分くらい？）だけコピーするのであれば、学食のランチ一回分プラスアルファで済む。

定価三〇〇〇円の本が一万部売れれば、著者には三〇〇万円の印税が入るから、時給は三〇〇〇円である。一方、一〇〇〇部止まりの場合は三〇〇円に過ぎない。最も売れなかったのは、初めから売れないことが分かっていたが、義理で引き受けた、中国人教授によるハイレベルな教科書の翻訳書である（このときの時給は一〇〇円だった）。

これに懲りた私は、レベルが高い教科書の翻訳は二度とやらないことに決めた（このような本を読むのは、専門家とその卵だけであるが、そのような人は原書で読む）。ところがこの四半世紀後に、やむに已まれぬ事情で、教科書作りの名手と呼ばれるデービッド・ルーエンバーガー教授（スタンフォード大学）の教科書『Investment Science』を、二人の若手研究者と協力して翻訳することになった。

二〇〇二年に出た訳本『金融工学入門』（日本経済新聞出版社）は、ヒラノ教授が予想した通り、（出版社の予想を裏切って）一万部を超える売り上げを達成した。すでに時給二五〇〇円をゲットしたが、今も売れ続けているので、間もなく三〇〇〇円に届くだろう。

自著の処分

一九七一年の夏、博士号を取ったばかりの私は、指導教授の紹介状を手に、全米一ダースほどの一流大学のA級教授を巡回訪問する機会があった。

このときは、シカゴ大学ビジネス・スクールのロバート・グレーブス教授から、同教授が編集した専門書を頂戴して大感激した。〝本棚に並べた自分の本を、博士号を取ったばかりの若者にプレゼントする。かっこいい人だなぁ〟と思った私は、以後自分が本を出すたびに一〇冊ほど買い求めて、本棚に並べておいた。

そのうち何冊かは、熱心な大学院生に引き取られた。残ったものの大半は、二〇一一年に開かれた退職記念パーティーに参加してくれた、七〇人ほどの学生に無償でプレゼントした。引き取り手がなかったものは自宅に運んだ。自宅には、これらの本が数冊ずつストックされていたので、自分が書いた本で本棚一本が埋まった。

問題はその後である。定年後五年半の間に出した一四冊の本を、毎回三〇冊ほど著者割引（定価の二割引き）で買い求め、お世話になった先生や親しい友人に謹呈し、残りを本棚に収めた。二〇〇冊余りが、新たな本棚メンバーに加わったわけだ。

時折、亡き妻のためにしばしばお花をプレゼントしてくれる眼鏡屋のおばさん、「新聞で書評を見ましたけど、（お金がないので）まだ買っていません」とおねだりしてくださるクリーニング屋のおばさん、鋼板のような背中の筋肉を、搗いてから三日目くらいのお餅のように解きほぐしてくれる整体師さんなどに差し上げたが、まだ一冊につき一〇部以上残っている。

若き日の野口悠紀雄氏が、「いつの日か、自分が書いた本で本棚をびっしり埋めたい」と言った時、私は〝おかしなことを言う奴だな〟と思ったものだが、野口氏はその後次々とベストセラーを出したので、今では三本以上の本棚が、自分が書いた本で埋まっているのではなかろうか。

しかし、私には野口氏のような趣味はない。誰かが「ちょうだい」と言ってくれた時のために保存しているだけである。それに、このような状態でPPKすると、息子のお嫁さんに、〝自分が書いた本をこんなに沢山保存しているのは、自己顕示欲の塊、もしくはナルシストの証拠だ〟と思われること必至である（どちらも間違っているが、死んだあとでは反論しようがない）。

ブックオフに売れば、なにがしかのお金が入るが、二束三文で買い叩かれるのは不愉快だ。ヤフオクで定価の半額程度で売りに出せば、そのうち売れるかもしれないが、自分の本を売りに出すのはみっともないので、一冊につき八部ずつ残して四〜五〇冊を廃棄した。

ステマノフスキーの奮闘

捨てるべきものは、本以外にもたくさんある。まずは、これまでに書いた一五〇編の論文と、八〇編の解説記事の別刷である。

インターネットが普及する前の時代には、論文を専門ジャーナルに発表すると、出版社は著者に対して無償で二〇部程度の別刷を送ってくれた。無償配布部数は出版社ごとにまちまちであるが、それを上回る分は有償で購入した。著者はこれを研究仲間に贈呈して、自分の研究成果を誇示するのである。

私は二〇世紀中に発表した約一〇〇編の論文について、それぞれ三〇部ほどの別刷を注文した。それに要したお金は、三〇〇万円を超えたはずだ（なおこのお金は、国から支給された科研費で支払った）。三〇部のうちの半数を、世界に散らばる同業者に贈呈し、残りは収納箱にストックした。一〇〇編以上あるから、ストックは一五〇〇部を超える。

ところが二一世紀に入ると、研究者は自分の論文ファイルをホームページにアップロードするようになった。そして、レフェリーの審査をパスして専門ジャーナルに掲載されると、再びそれをアップロードして、世界中の研究者が誰でも無料で読める時代がやってきた。つまり別刷は、完全に過去の遺物になったのである。

電子化されていないのは、前世紀に発表した日本語の論文や解説記事だけである。しかし、二〇年以上前の工学系論文の大半は正真正銘の遺物だから、保存していても意味がない（全部廃棄するのは悲しいので、今でも各論文の別刷三部を保存している）。

論文だけではない。二人の外国人研究者と協力して三年（ざっと二〇〇〇時間）がかりで書いた、（当時としては）画期的な専門書は、あまり売れそうもないと見た出版社が三〇〇ドルという値段を付けたため、七〇〇部しか売れなかった。私が手にした印税は、総売り上げ二一万ドルの五％、すなわち一万五百ドルの三分の一に過ぎなかった。ここからドル小切手を換金する手数料を差し引いたものを二〇〇〇時間で割ると、時給は二ドルに満たない。

その一方で、この本を著者割引（定価の八掛け）で一〇冊購入したので、その出費が二五万円である（このお金は公費ではなく自分で払った）。本の内容に自信を持っていた私は、後生大事に本棚に収めておいた。ところが出版後二〇年を経た現在、この本はインターネット上で（著者に無断で！）無料公開されている。読者にとってはまことに便利な、著者にとっては辛い時代になったものである。

何人がこの難解な本を読んでくれたか知る由もないが、ただで読める一・五キロ超の本を、一〇冊もストックしておくのはばかげているので、全部捨てようかと思ったが、今も本棚に五冊鎮座している。捨てた方がいいことは分かっていても、もう一～二年は本棚に滞在し続けるだろう。

ところがなんと、この原稿を書く合間に調べたところ、無料公開されているのは、最初の五〇ページ程度であることが判明した。残りの四〇〇ページを読みたければ三〇〇ドル払え、ということである（すべて廃棄しなくてよかった、よかった）。

捨てるべきものはまだまだある。衣類、布団、靴、家具、電気製品、旅行鞄、新聞・雑誌の切り抜き記事、エトセトラ。

まず衣類だが、下着の類は週に二回洗濯機を回せば、それぞれ五～六枚あれば十分である。ブリーフやシャツは、長年白物を着用していたが、半年もすると汚れが落ちにくくなる。漂白剤を使っても、効能書きのように真っ白にはならない。

一頃はスーパーで、四枚一〇〇〇円程度で売られている、中国製やベトナム製のペラペラ下着を買っていた。一枚二五〇円なら、三～四か月で廃棄しても気に病むことはない。ところが、最近これらの安ものは姿を消した。国産品は一枚五〇〇円以上するから、軽々には捨てられない。

思いついたのは、色物下着を買うことである。これなら白物の三倍くらい長持ちするはずだ。そこで、ブラック企業と呼ばれているユニクロの錦糸町支店を訪れ、女店員に「（ブラックならぬ）

グレーの下着はどこにありますか」と尋ねたところ、「グレーのインナーでございますか?」と訊き返された。

〝下着に対応する英語はアンダーウェアのはずだが、はてさて〟。少々ムッとしたが、さすがユニクロだけあって、その後の接客態度はパーフェクトだった。商品タグに記された細かい文字を読むのは面倒なので、口頭でこちらの希望を伝えると、棚から次々とグレーのインナーを取り出して、籠の中に入れてくれた。

気になったので、家に戻ってからWikipediaで確認したところ、下着に対応する英語はやはりunderwearであることが判明した。つまり、インナーは現在のところ、ジャパ・イングリッシュのようである（しかし、ユニクロは世界を席巻しているから、近い将来日本発の英語になるかもしれない）。

退職後は背広を着用する機会が少なくなったので、白物ワイシャツを着る機会も減った。しかし、現役時代以来のワイシャツが一四枚も残っている。ある女性作家のエッセイに、〝亡くなった父が残した四〇着のワイシャツを前にして、なんでこれほどたくさんあるのか訝った〟という記述があるのを見つけたので、その日のうちに古いもの八枚を捨てた。

背広は九着、モーニングが一着、黒礼服が二着、ズボン（最近はパンツと呼ぶそうだ。昔のパンツは今ではブリーフと呼ぶのが普通らしい）は上下揃いのもの以外に一〇本（夏物五本、冬物五本）、ネクタイは（すでに沢山捨てたにもかかわらず）二〇本。そして秋物コート四着、冬物コート五着、そしてダウンジャケット四着。

背広は標準よりやや多い程度だと思われるが、これから先着用する機会は少ないので、古いものから順番に三着廃棄した。パンツもくたびれたもの三本を廃棄した。

コートやダウンジャケット類が多いのは、クリーニングに出すと、救世軍のバザーでクリーニングが行き届いた中古品を買うより高額な料金を取られるので、そのまま貯め込んだせいである。しかし、これほど沢山持っていると、お嫁さんに呆れられるので、古い順に秋物二着、冬物二着、ダウンジャケット二着を捨てた。

残った冬物コートの中で、極寒の地に出張する時のために買った極厚のものを、（暖房が入っていない）極寒のダイニング・ルームで過ごすときに着用して、冬の間暖かく過ごすことにした。この結果、暖房費は大幅に削減された。

クリーニングに出さなかったコート類は、二〜三回使用したバスマット程度に雑菌が繁殖しているという説がある（実際に一着にはカビが生えていた）が、除菌スプレーで大半は除去できる、と効能書きに記されている。おそらく誇大宣伝だろうが、戦後の焼け跡時代には、一〇倍以上汚れた服を着て、一〇〇〇倍雑菌が繁殖した食料を食べても死ななかったのだから、あまり気にする必要はない。

ステマノフスカヤは、「三年着なかったものは二度と着ない」と言いながら、次々と服を捨てた。一〇年以上にわたって、春秋一回ずつ開催される（今では中国資本の傘下に入った）有名アパレル会社の株主優待バーゲンセールで、毎回五着以上の高級婦人服を購入していたにもかかわらず、妻の洋服ダンスにストックされているのは、いつも二〇着以下だった。したがって、毎年一〇着以上廃棄していたわけだ。

介護施設に入居する半年前に、要介護度三の認定を受けた妻は、ヘルパーさんに頼んで、愛用していたコート、バッグ、靴などを廃棄してしまった。そのことを知った夫は、「なぜそれほど急ぐのか」と尋ねた。

不治の病を宣告されたときに、慰めようとした夫に対して平然と、「病気になったのだから仕方がないのよ」と答えた妻は、このときは、「あなたには、私の気持ちはわからないでしょうね」と言って涙をこぼした。

妻が介護施設に運び込んだのは、アンダーウェアのほかには、ウィーン滞在時代に買ったローデンのコート、発病する数年前の誕生日に私がプレゼントしたカシミヤコートの計二枚、それに三着のカーディガンと三着のワンピースだけだった。

だから妻の死後に残ったアンダーウェア以外の衣類は、一〇着程度に過ぎなかった。長い間それらを廃棄できずにいた私は、終活に取り掛かるにあたって、カシミヤコート以外は全部廃棄した。そのあと、自分の衣類の半分を廃棄した結果、洋服ダンスの中はスカスカになった。
また現役時代にため込んだスーツケース、ハートマンの高級革製カバンや、サムソナイトのバッグ類も捨てた。どれも老人には重すぎるし、もはや重い資料をカバンに詰めて運ぶ必要はないからである（ハートマンのカバンは、息子のために残しておこうかと思ったが、hiroshi konnoという焼き印が押してあるので、泣く泣く捨てた）。

捨てられないのは、一ダース以上の靴である。特にリーガルの革靴四足は、老人には重すぎるため滅多に履かないのに、高価な品だと思うとなかなか捨てられない。三〇〇〇足以上の靴をため込んだ、フィリピンのマルコス大統領夫人・イメルダ女史や、浅丘ルリ子さんの一〇〇分の一以下に過ぎないが、靴箱が満杯なので、新しく買ったウォーキング・シューズを収納する場所がない。おかげで、一人暮らしであるにもかかわらず、靴が玄関に溢れ出している（これからは安物のウォーキング・シューズでなく、リーガルの高級靴で徘徊しようかしらん）。

これ以外には、年に二回くらいしか使わないアイロンやズボンプレッサー、月に一回も使わない時代物の電気掃除機（すべてフローリングの室内の掃除には、箒と塵取りの方が好都合である）、この五年半で二回しか使わなかった電気炊飯器なども、廃棄した方がよさそうだ。しかし、死んだあとお嫁さんが、掃除機も電気炊飯器もないことに驚くといけないので、ズボンプレッサー以外は残しておくことにした。

遺品は多すぎても少なすぎても、残された家族を驚かせる。私の母は、古い靴、ハンドバッグ、衣類から始まって、孫たちが使ったバスタブやオマルに至るまで、二トントラック四台分（！）のガラクタを残して、息子たちを困惑させ、住宅解体業者を仰天させた。

ネクタイと古い布団を処分すれば、ステマノフスキー活動はひとまずお終いか、と言えばそうではない。簡単には捨てられない家具などの粗大ごみが、まだいくつか残っている。

二～三年前に、二〇年近く使った古い机を捨てて、少しばかり豪華な電気ヒーター付きのテーブルセットを買った。おかげで、冬は暖かく過ごすことができるようになったが、机とセットになっている六脚の椅子が、ばかばかしいほど大きくて重いのである。

自分一人であれば一脚と、スペアとしてもう一脚あれば十分である。しかし、四人の孫がいる息子一家が来るときには、七人分必要である。ところが彼らが来るのは、せいぜい年二～三回に過ぎない。それにもかかわらず、大きな椅子がリビング・ルームには納まりきらずに、妻の仏壇がある六畳間を占拠している。

年に三日のために、このようなものを保存しておくのはばかばかしいので、とりあえず椅子二脚と、妻が使っていたパネルヒーターを処分することにした。ところが運悪く、廃棄指定日は台風が関東地方を直撃した朝だった。

椅子にはキャスターがついているので、運び出しは簡単だった。ところが、一〇キロ以上の重さがあるパネルヒーターには、キャスターがついていない。杖を手離せない七五歳超の老人が、強風と土砂降りの中、五〇メートル先の粗大ゴミ出し場所まで、掴まえどころがない重い物体を運ぶ姿をご想像ください。

たとえ嵐でも、指定された日に出さないと、次は二週間以上先になるので、おじいちゃんは必死でした。

このほかにも、捨てたいものとして、ダニの墓場になっている古いマットレス、海外出張用の大きなトランクが二つ、時々動かなくなるプリンターが残っているが、それを捨てれば断捨離作業はほぼ完了である。

お墓という厄介物

〝ほぼ〟と書いたのは、もう一つ処分に困っている物件があるからだ。

東工大を定年退職して間もないころ、私は自宅から二キロほどのところにあるお寺（浄土宗）のお墓を、六五〇〇万円（永代使用料三〇〇〇万、墓石三五〇〇万！）で購入した。

予想を上回る退職金をもらって、気が大きくなったので、〝住むところにこだわる〟妻の要望で買ったのである。ところが妻の死後五年半、信心深くない私にとって、お寺との付き合いは頭痛の種だった。

その理由は、年に六回の法要である。春のお彼岸（三月）、施餓鬼法要（五月）、お盆先祖供養（七月）、秋のお彼岸（九月）、お十夜法要（一〇月）。

定例法要に毎回出席する必要はないとしても、住職&夫人のご機嫌を損ねないために、年に一〜二回は顔を出さなければならない。また欠席する場合でも、回向料や卒塔婆代を納める必要がある。

施餓鬼法要の際に、回向料を納め忘れた時には、当日配布したという駄菓子を送ってきたので、慌てて回向料二万円也を現金書留で送った。出費合計は維持費を含めて、年に二〇万円弱。七回忌の際には、読経代として一〇万円。友人にぼやいたところ、「そのくらいで済めばいいじゃないか」と慰められた。

回向料を納めるたびに脳裏に浮かぶのは、お寺の駐車場に並んでいる二台の高級外車（車に詳しい次男によれば、新車なら一五〇〇万円くらいするそうだ）である。昨今は檀家が減ったせいで、経営難のお寺が多いということだが、ヒラノ家の菩提寺は裕福そうである。

かようなわけで、二〇一六年春に、〝本堂に冷房装置を設置するため、総経費五四〇万円のうち三〇〇万の寄付をお願いすることになりました。つきましては、檀家の皆様には一口五〇〇〇円、できれば二口以上の寄付をお願いします〟というお知らせが届いたときは、カチンと来た。

〝そのくらいは、維持費や回向料から出してくれよ。そもそもあの程度の本堂なら、二〇〇万もあれば十分ではなかろうか〟。さんざん悩んだ挙句二口寄付したが、後日送られてきた報告書に記された募金総額二五〇万円の内訳は、一口が一二四人、二口が一一二人、三口以上は二七人で、残りの一〇〇人あまりは無視したらしい。これだけ集まれば十分だと思われるが、最近再募金のお知らせが届いた（もちろんその時は無視した）。

今後のことを考えた私は、「私が死んだあとは、遺骨を筑波近辺に運ぶなり、お寺との契約を解除するなり、好きなようにしてくれ」と長男に伝えた。

元気だったころの妻は、「お墓はいらないわ。海に散骨して」と言っていたのに、突然お墓がほしいと言い出したのはなぜなのか。つらつら考えた結果、お墓がなければ夫が困ると思ったからだ、という結論に達した。

しかし私は、自分が生きている間はともかく、死んだあとはお墓がなくても構わない。息子たちが必要だと思えば維持すればいいし、そうでなければ永代使用契約を破棄すればいい。先に〝妻の判断はいつも正しかった〟と書いたが、お墓だけはミスだったような気がする。

〝いつも正しい〟で思い出したが、いつも正しいことを言う曽野綾子女史は、〝老後は六畳一間で過ごすのが理想だ〟という趣旨のことを書いていた（雪村いずみさんも似たようなことを言っていた）。

私は新婚時代に二年ほど、六畳一間のアパートで暮らしたことがある。そのときの家財道具は、布団一・五組、テレビ、洗濯機、(折り畳み式)卓袱台、鍋釜類、食器類、本棚一つ、それに少しの衣類がすべてだった。風呂は銭湯、トイレは三世帯共用だった。

これだけで二人が暮らしていたわけだが、足腰や視力が衰えた独居老人には、シャワー、ウォッシュレット、ベッド、(大型)テレビ、大型冷蔵庫、洗濯機、電子レンジ、台所用品一式、小型テーブル&椅子二脚、本箱二つくらいは必要である。

これだけのものを、六畳一間に収納することはできない。残念ながら私は、曽野先生のようなスーパー・ステマノフスカヤにはなれないから、最低限一DKマンションが必要である。

3　再婚力

厚意の断り方

妻が亡くなってから半年ほどしたころ、つくば市にある農水省傘下の研究所に勤める長男から、「ぼくたちと一緒に暮らしませんか」という有難い申し出があった。家の建築資金の一部を低利で融資した見返りに、老父のための専用居室を用意してくれたのである。

息子一家との同居は、妻が「それは絶対にダメよ」と言っていた選択肢である。しかし、折角の厚意を無碍に断るわけにはいかない。たとえ親子でも、断り方次第では修復不能な傷跡が残るからである。その典型的なケースは私の母である。

重度の糖尿病を患っていた当時七〇代の母は、ヘルパーさんのサポートを受けながら、目黒区洗足の自宅で一人暮らしをしていた。私の妻は、母の面倒を見てもいいと言ってくれたが、六七平米の公務員住宅には引き取るスペースがない。それに三人の子供のほかに、義母の面倒まで見させるのは酷である。

それより何より、私は教条的な母と一緒に暮らすのは願い下げだった。私が母の放射線を跳ね返せば、それは妻や子供たちに向かう。だから、銀行勤めの兄が同居を申し出たことを知った時、私は心から安堵したのである。

二家族五人が一つ屋根の下で暮らすために、家を改築することになった。ところが、兄が提示した設計図を見た母は、自分のためには六畳一間しか用意されていないことに激怒して、「親不孝者！　お前は、お父さんが私に買ってくれた家を盗み取る気か！」と怒鳴ったため、同居話は白紙に戻った。

母の一言は兄に大きな傷跡を残した。兄は直ちに西東京市に一戸建て住宅を購入し、社宅を引き払った。そして母の体調が悪化したあとも、自宅に引き取ろうとはしなかった。

結局母は、その後まもなく脳出血を起こし、三か月の病院生活の後亡くなった。もしあの時、〝親不孝者〟、〝盗み取る〟といった過激な言葉ではなく、「もう少し広い部屋で暮らしたいわ」と言っていれば、病院で死なずに済んだのではなかろうか。

四人の子供（当時一番上が一〇歳、一番下が三歳）を持つ息子としては、父親を自宅に引き取るという提案をするためには、大いなる決断が必要だったはずである。母親であれば、子守りや家事を手伝ってもらうことができるが、何の役にも立たない舅の面倒を見させられるお嫁さんは、嬉しいとは思わないだろう。

そこで私は慎重に言葉を選んで、

・退職後も、現役時代の仲間との付き合いがある。また毎週一回、妻のお墓にお参りしたいので、当分の間は自宅で暮らす方が好都合である。
・私には生活力があるから、当分は一人でも心配はいらない。
・緊急事態が発生した時は、セコムに通報すれば、一〇分程度で救急隊が来てくれる。また家の中にいるはずなのに、二四時間以上トイレの前に設置されている赤外線センサーの前を、発熱物体が横切らないときには、異常事態が発生したものと判定して、様子を見に来てくれる（だから腐乱死体になって、あなた方に迷惑をかけることはありません）。
・同居しない代わりに、頻繁につくばにあるあなた方の家を訪れたいと思っている。
・一人で暮らせなくなった時、日照り続きで水道から水が出なくなった時、洪水で荒川堤防が決壊した時、首都直下型地震が起こった時には、引き取ってもらうことになるかもしれないので、その時はよろしく（この当時は、ミサイルが飛んでくることまでは考えなかった）。

と伝えた。

その後は、年に数回つくばの息子夫婦宅を訪れ、その都度一～二泊させてもらった。しかし、二泊して自宅に戻った次の朝は、なかなかベッドから出られなかった。孫たちにトランプの神経衰弱やオセロ・ゲームにつき合わされて、神経が衰弱したからである。

孫たちは驚くほど速く成長する。一昨年は楽勝だったゲームも、昨年は油断すると負かされた。そして今では、ぼろ負けするようになった。孫が相手でも負けると悔しい。悔しいだけではない。「おじいちゃん、弱くなったね」という孫の言葉は、「おじいちゃん、頭が悪くなったね」に形を変えて、頭の中を駆け巡るのである。

もう何年かすれば、相手にされなくなるだろうが、これから先一〇年以上続く受験狂騒曲につき合わされるのも辛い。それに、大きくなった孫たちは、よぼよぼのボ[redacted]老人を歓迎してくれるだろうか。よく言われていることだが、同居するつもりがあるのなら、孫たちが小さいうちに決断しなくてはならないのである。

息子夫婦の家は、つくばエクスプレスの終点から三キロ弱のところにあって、家から三分のところを通る大通り沿いに、いくつかのチェーン・レストランや、レンタル・ビデオショップなどが点在しているが、本屋や映画館があるショッピング・センターまでは、速足でも二〇分以上かかる。

つくばエクスプレスの「研究学園駅」はさらに遠いし、バスは一日一往復（!）だけである（それにもかかわらず関東鉄道は、路線バスと名乗っている）。老人はもとより若者でも、車（最低でもスクーター）なしでは暮らせないところである。

海面下のマンション

一方、現在私が住んでいる墨田区太平町のマンションは、六〇〇歩先のところに大型ショッピングモールがある。そこには、スーパー・マーケットやレストランはもちろん、ニトリ、ヤマダ電機、大型ドラッグストア、中型一〇〇円ショップなどが入っている。また東宝のシネコンや、大きなCDショップ、そして小さな本屋もある。

総武線と半蔵門線の錦糸町駅まで一五分程度（脚が長い若者なら一〇分、不動産屋のチラシでは八分）で行ける。その上家の近所を、東西、南北に五系統の都営バスが七分ないし一五分間隔で走っている。七〇歳以上の老人は、一年につき二万五一〇〇円（無税証明がある人は一〇〇〇円！）のシルバーパスを買っておけば、バスと都営地下鉄には一日何回でも乗り放題である。

私の場合についていえば、隔週一回のお墓参りと、月に一回のクリニック通いだけでも、年に二万円を超える。それ以外にも、年に二〇回はバスや地下鉄に乗るので、税金を一万円以上還付してもらっている計算になる。

つまり、現在私が住んでいる墨田区太平町は、とても便利な場所なのである。便利なせいで、築五〇年以上の陋屋が次々と取り壊され、駐車場と賃貸マンション（多くはワンルーム）が建設されている。同じ町内（太平四丁目）だけでも、この一年で七〜八棟（二〇〇戸以上）が新設された。経営が成り立つだろうかと心配になるが、今のところ半分くらいは埋まっているようだ。

ただし、海抜ゼロメートル（正確にはマイナス〇・一メートル）地帯だから、災害時は危険な場所である。向島で生まれた木の実ナナさんのエッセイによれば、戦後間もないころは、隅田川が溢れるたびに、このあたり一帯は水浸しになったということだ。

治水対策が進んだおかげで、ここ何十年か〝水上がり〟事件は起こらなかったようだが、超大型台風が関東地方を直撃して、荒川の堤防が決壊すれば、現在住んでいるマンションは、二階の天井まで水につかるという（私は二階に住んでいます！）。

昨年店じまいした酒屋のおばあちゃま（昭和一〇年生まれ）は、「私のおばあちゃんは、関東大震災の時にリヤカーを引いて火の中を逃げ回った後、東京下町大空襲の時にもリヤカーを引いて逃げ回り、その数年後に都電にはねられて死んでしまった」と言っていた。全く気の毒な人だが、この大おばあちゃんは、水上がりごときでは驚かなかっただろう。

大学時代に、木場の材木問屋の跡取り息子の家庭教師をやっていた関係で、毎週二回錦糸町から都電に乗っていたのでよく知っているのだが、昭和三〇年代の錦糸町は、とても汚らしい街だった。特に駅の北側に位置する黒ずんだ問屋街と、四ツ目通りに面する錦糸公園は、近寄りたくないところだった（東京大空襲の後、この公園に一万三千の焼死体が埋められたというが、今ではそのことを知らない親子連れで賑わっている）。

〝東の新宿〟と呼ばれる、現在の錦糸町を知らない山の手暮らしの友人は、（ルーマニアパブ、場外馬券売場、違法賭博場などで有名な）錦糸町に住んでいると言うと、いわく言い難い表情を見せる。だから、私も当初はしぶしぶ妻の提案を受け入れたのだが、妻がこの場所を選んでくれたのは正解だった。何より有難かったのは、最後の勤務先である中大理工学部・後楽園キャンパスまで、車なら二〇分、電車でも四五分で行けたことである。

早朝ウォーキングの際にしばしば言葉を交わす、（自称）超能力者のS老人によれば、首都直下型大地震が起こるのは、二〇二八年以降だそうだから、それまでは妻がこよなく愛した、〝太平城〟の二階で暮らすつもりである。

なお九〇代の母親と、六〇代の妹さんと都営住宅で暮している、六〇代半ばのSさんは、難病による歩行障害があるにもかかわらず、真冬でも手押し車を押しながら、毎朝二時（!!）から七時過ぎまで自宅周辺を歩き回り、通りかかるウォーキング老人すべてに声をかけている（だからこの人は大変な情報通である）。

それでは、一人で暮らせなくなったときはどうするか。都内にある介護施設は、入居一時金が高騰しているが、つくばエクスプレス沿線あたりには、手頃な施設が新設されている。南流山か三郷あたりの施設なら、それほど高くないし、一時間以内で都心に出られる。つくばに住む息子にとっても好都合だろう。

どの段階で介護施設に入るべきか。自宅から三分のところにあるスーパーに行けなくなった時か。電話で商品を注文すれば、三〇〇円ほどでその日のうちに配達してくれるから、炊事・皿洗い・ゴミ捨てができなくなった時か。それとも、これらの仕事はヘルパーさんに頼むことができるから、レトルト食品を電子レンジでチンできなくなった時か。

会食の際に友人たちにこの話をしたところ、一部上場大企業の副社長を務めた友人いわく、「なるべく早く決断すべきだ。ぼけてしまうと、家族はなるべくお金が掛からない施設に放り込もうとするからだ」と言っていた。

完全にぼけてしまえば、どのような施設でも同じことだが、縞模様にぼけている間は、なるべく丁寧に扱ってもらいたいので、さっそく施設探しを始め、いつでも入居できるよう手はずを整えることにした。

一つ年下の友人U氏（私より二年早く奥さんと死別した元筑波大学教授）は、「最後にものを言うのは、脚力より腕力だよ。ぼくは、這ってでもシャワーを浴びることができるうちは、一人で暮らすつもりだ」と言っている。

この言葉に感服した私は、脚力だけでなく腕力も鍛えるよう努力している（努力しすぎたせいで、腕と肩が痛くて困っている）。その一方で、たとえ遠方でも息子や娘がいる独居寡夫は、妻も子供もいないU氏よりはるかに恵まれている、と思うのである。

再婚する理由

妻は五〇代に入って間もなく、心室頻拍という難病を発症した。心室の壁から発生する異常パルスのせいで心拍が乱れる病気で、心臓麻痺で突然死することがある。薬を服用すれば、発作を抑えることができることになっているが、いつ何が起こっても不思議ではない怖い病気である。

妻はこの病気を発症した時、「私が死んだら、いい人を見つけて再婚して下さいね」と言っていた。確かに五〇代半ばで男やもめになったら、その先二〇年も一人で暮すのは辛い。

名匠デビッド・リーンの『ライアンの娘』という映画の中で、性に目覚めた若い娘から、「人間はなぜ結婚するのですか」と尋ねられた初老の神父が、「第一の理由は肉欲を満たすため。第二の理由は子孫を残すため。第三の理由は辛い時に互いにいたわりあうため」と答えるシーンがあった。

四〇年以上前に見た映画のセリフを覚えているのは、神父の言葉に強い違和感を覚えたためである。

私が二二歳で結婚したのは、〝大学を卒業したら、一日も早く強権的な母親から逃げ出したいが、一人暮らしは面倒だ。家を出た後は、笑顔が素敵なこの人と暮らせば幸せになれるだろう〞と思ったからである。

もちろん私にも、性欲は人並みにあった。しかし、性欲を満たす目的で結婚するという発想は、かけらもなかった（この当時は、女性にも性欲のような下等なものがあるのだろうか、と訝っていた）。

ところが、一つ年上の友人O氏（T大経済学部元教授）にこの話をしたところ、「早く結婚した君には分からないだろうが、ぼくは神父さんが言う通りだと思う。ひとたび女の味を知った男は、半年以上女性に接しないと、気が狂うような衝動を覚える」と答えた。ちなみに、この人が結婚したのは、四〇歳を超えてからである。

最近は結婚したがらない若者が多い。そのせいで、四〇代、五〇代で独身という人が増えている。彼らはO氏と違って、一度も異性に接したことがないのだろうか。

ネットで検索すると、男性が結婚したがらない理由としては、

その必要がない。
自由気ままに暮らしたい。
趣味・娯楽に時間とお金を使いたい。
仕事や学業に励みたい。
まだ若すぎる。
妻を養うために必要な収入がない。

女性と付き合う機会がない。

結婚したい（してくれる）相手がいない。

女性と一緒に暮らすのは厄介だ。

親が許さない。


などが挙げられている。

大学時代の同期生（すべてエンジニア）は、女性という〝よく分からない生き物〟より、〝よくわかる〟数学・物理・コンピュータの方が好きな人ばかりだったが、それでも三〇代半ばまでには全員が結婚した。

コンビニという優れものが登場する前の時代だから、一人暮らしは厄介でお金がかかったからだろう。ある評論家が、「この世からコンビニが無くなれば、結婚する若者が増えるだろう」と書いていたが、全く同感である。

私の経験からすれば、結婚は（ある程度の情報を集めたうえで）、若いうちにエイヤッと決断するのが一番である。あれこれ考えるから決断できないのであって、思い切って結婚してみれば、給料が少なくても、また多少気に入らないことがあっても、何とかなるのである。

これは婚活だけでなく、就活にも当てはまる。昨今はリクルートなどの情報企業が、豊富な

（豊富すぎる）就職情報を提供するせいで、学生は三〇社、四〇社との見合いに時間を取られている（一二〇社と見合いした人もいるようだ）。

一方われわれの時代は、学科が開催する一～二回の合同就職説明会で、何社かの客引きスピーチを聞いたあと、指導教授や先輩のアドバイスを受けて、至極あっさり決めたものだ。

私の指導教授は言っていた。「会社の実態は、入ってみなければわからない。ある程度の情報が集まったら、エイヤッと決めるんだね」と。ひとたび就職すれば、一生その会社で暮らすのが当たり前だった時代だから、乱暴な話だと思われるかもしれないが、この教えはかなりの程度正しい。

よく調べて、いい会社に入ったつもりでも、不採算部門に配属されて、部門ごと外国企業に売り飛ばされたり、悪い上司に当たったりしたら、目も当てられないからである。

それはさておき、五〇代半ばに妻に急逝されたら、どうすればいいのか。家の近所に二四時間営業のスーパー、コンビニ、チェーン・レストランがあるから、日常生活には困らない。しかし、（肉欲はともかく）老後に互いにいたわり合う相手がいないと、寂しいのではないか（七六歳の独居老人はとても寂しいです）。

ノーベル経済学賞を受賞したダニエル・カーネマン教授（プリンストン大の心理学者）の調査によれば、アメリカ人女性が幸せだと感じるのは、一がセックス（!!）、二が家族や友人とのおしゃべり、三が夕食、四がリラックス、五が昼食だという。

日本人女性についても知りたいものだが、現在の私に残されている楽しみは、(わずかばかりの)二と、(多すぎる)四だけである(二〇年前までは、一から五まで全部楽しんでいました)。

再婚すれば、一以外の幸せが戻ってくるかもしれない。しかし、賢く、優しく、控えめな女性は、なかなか見つからないだろうと思った私は、再婚をすすめる妻に答えた。

「君がいなくなったら寂しいけれど、いい再婚相手を見つけるのは難しい。結婚詐欺師のような女に当たったら、目も当てられないよ」

話はここでおしまいになったが、妻はこの二年後に、異常パルスを発生する心室の突起物の切除手術を受けた結果、心室頻拍は完治してしまった。残されたのは、心臓発作による突然死ではなく、五〇代半ばに発症した第二の難病・脊髄小脳変性症による緩慢な、そして確実な死である。〝妻がこれから先当分生き続けてくれる以上、再婚を考える必要はない〟。

そもそも、妻に去られた老人が再婚する理由は何だろうか。考えられるのは、
家事能力がない。

ただで夜の生活を楽しみたい。

いたわり合う相手がほしい。

自力で生きていけなくなった時に介護してもらいたい。

などである。

私には家事能力はある。夜の生活を楽しむ能力はない。いたわり合うためであれば、時々会っておしゃべりすれば十分だから、わざわざ結婚する必要はない。また、後期高齢者同士が結婚しても、二人とも五年以上元気で過ごせる可能性は低い。つまり近い将来、老老介護生活が始まるのだ。

私は一九年間にわたって妻を介護した。しかし、それができたのは、若いころから共に過ごした相手だったからであって、昨日今日知り合った人の場合は難しいだろう。また妻が亡くなってから、急に体力と気力が衰えたから、再び介護生活を送るのは辛い。自分が先に要介護老人になればもっと辛い。

これから先、一〇年以上自立した生活ができる見込みがなければ、後期高齢者同士が再婚するのは、賢明な選択肢とは言えない。

再婚力

私が見るところでは、老人が再婚して幸福を手に入れるためには、〝再婚力〟、すなわち財力、体力、鈍感力、忘却力の四つが不可欠である。

最初の二つは説明不要だろう。三つ目の鈍感力とは、新妻の様々な問題点に気がつかない、もしくは見て見ないふりをする能力。そして忘却力とは、先妻のことを忘れ去る能力である。すでに書いた通り、私には体力がない。鈍感力はあるつもりだが、忘却力が欠けているので、一〇〇点満点で採点すれば、再婚力は高々五〇点程度である。

九〇点以上の老人同士ならOKか、と言えばそうでもない。相手が先にPPKしてくれればともかく、自分が老妻を残して死んだら、息子たちが面倒を見なくてはならない（その可能性は小さくない）。これは、〝望ましい二人称の死〟とかけ離れた死である。

それでは、財力がある高齢男性が、若くて健康な女性と再婚するケースはどうか。男が資産を提供する見返りに、老後の面倒を見てもらおう（介護してもらおう）というケースである。

妻に先立たれた七〇代の裕福な男性が、四〇代のバツイチ女性と再婚する。一〇年後に資産家の夫が死んだあと、五〇代に入った女性は（財力はないが、体力がある）二〇代の男性と再婚する。女性が八〇歳で死んだ後、五〇代に入った男性は二〇代の女性と再婚する。男性が七〇代で死んだあとは……。

理想的なウィンウィン再婚サイクルである（これは昔々どこかの本で読んだものであって、私のアイディアではありません）。

高齢の夫が死ぬたびに遺産を手に入れ、再び高齢者と結婚する〝後妻業〟という商売が成り立つくらい、再婚に対するニーズは高いようだ。しかし、先ごろ公開された『後妻業の女』という映画に登場する女は、結婚相談所の所長とグルになって、あさましい老人たちから財産（場合によっては命）をむしり取る詐欺師だった。

詐欺師でなくても、要介護状態になったら、安上がりな介護施設に放り込まれる可能性があるから、信頼できる友人・知人が保証してくれる人でない限り、妻が生きている間に、相手の女性とお付き合いして、相性を見極めておかなくてはならない。しかし、これまたリスキーな選択肢である。浮気がばれて妻の命が縮んだら、長く悔恨の念に苛まれるからである。

結論的に言えば、再婚力があっても幸運にありつくことが出来る老人は、ＰＰＫ同様一〇人に一人ではなかろうか。

4　語り部業という仕事

二〇世紀のもの書き

　文芸評論家の江藤淳教授は、文筆家志望という変わり種の東工大生に、毎年三〇〇〇枚以上の（カネになる）文章を書く秘訣を尋ねられたとき、「一度書いた文章は書き直さないことですな」と答えていた。

　〝紙に書く前に、頭の中で文章を組み立てておく〟という意味だろう。実際私は、江藤教授の講演をそのまま文章化した雑誌記事を読んだとき、理路整然とした文章に脱帽した（編集者が手を加えたのかもしれないが）。

　経済問題だけでなく情報技術にも詳しい野口悠紀雄教授は、最近発売された〝口述ソフト〟を使って、『話すだけで書ける窮極の文章法　人工知能が助けてくれる』（講談社、二〇一六）を発表している。江藤教授がご存命であれば、野口教授と対抗して口述ソフトを使って年間一万枚くらい書くのではなかろうか。

　一方のヒラノ元教授には、口述ソフトは無用である。なぜなら、これが必要になるほど大量の文章を速く書く必要はないからである。

〝国語の天才〟と呼ばれた江藤教授や野口教授と違って、トルストイは『アンナ・カレーニナ』を執筆する際に一〇回以上書き直し、そのたびに夫人に清書させたそうだ。トルストイ夫妻の仲の悪さは有名だが、このようなことをやらせれば、悪くなっても仕方がない。

松本清張氏や林真理子氏も、何度も原稿を書き直したそうだが、元の原稿用紙に上書きしていくので、専任の編集者でなければ判読できないと言われていた。後年松本氏の手書き原稿の写真を見たとき、私は編集者とはすごい生き物だと驚嘆した。

頭の中が雑然としている私は、少なくとも二回は書き直しを行い、ひとまず満足すべき原稿が完成したあと朗読した。声を出して読むと、文章の分かりにくさやつながりの悪さがよく分かる。ここで気が付いたことをもとにして、最終推敲を行うのである。

このようなわけだから、ワープロが出現するまでは、一冊の本（二～三〇〇ページ）を書くために、ほぼ一〇〇〇時間と一〇〇〇枚の原稿用紙が必要だった。原稿用紙だけではない。消しゴムの消費量もばかにならなかった。

長くヒラノ教授の秘書を務めたミセスKは、「先生は書く量より消す量の方が多いですね」と教授を揶揄した。これに対して教授は即座に、「それでは、先ほどお渡しした原稿は白紙だったはずですね」と応酬した。

しかしミセスKの観察は鋭い。手書き時代の私は、〝四〇〇字書いて二〇〇字消し、二〇〇字書いて一〇〇字消し、一〇〇字書いて五〇字消し……〟を繰り返していたのである。こんなことをやっていたら、ウィークエンドに一〇時間以上机に向かっても、一年に一冊書くのがやっとである。

実際私は、三〇代初めから現役を引退するまでの三十数年の間に、二一冊の本しか書けなかったのである。退職後の五年半で、未発表原稿を含めて二二冊分の原稿が完成したのは、ワープロのおかげである。

ワープロ出現

計算機科学の揺籃期に、斯界の権威である森口繁一教授（東大）の薫陶を受けた私は、いっぱしの専門家気取りで、二人の友人とともに、内閣府が募集した明治一〇〇年記念懸賞論文「二一世紀の日本　一〇倍経済社会と人間」を書いた。

主として私が担当した、〝一〇倍経済社会を支える技術〟に関する記述は、審査員からまずまずの評価を受けたが、原子力発電（高速増殖炉）と情報処理システム（中央集権的システム）に関する予測は完全に外れた。

絶対に重大事故を起こさないはずだった軽水炉は、東日本大震災に伴う東電福島第一原子力発電所の事故で国民の信頼を裏切ったし、夢の原子炉と呼ばれていた高速増殖炉は失態続きで、全く実現の見込みが立っていない。

一方の情報処理技術は、この論文で予想した、大型機を中心とする中央集権システムではなく、通信回線を介した（かつての大型機以上の性能を持つ）パソコン・ネットワーク上で行うのが主流になり、最も楽観的な予想をも上回る発展を遂げた。

初めて「IBM5550」というパソコンを使った時、私はその使い勝手の悪さに音を上げた。〝このようなものを使いこなすことができるのは、計算機オタクだけだ!!〟。

機械に強くないヒラノ教授がパソコンを使うようになったのは、マイクロソフトのウィンドウズが登場した九〇年代以降である。ここに搭載された、日本語入力ソフト「Word」を使い始めてから、文章作成スピードはほぼ三倍になった。

その後経験を積んだおかげで、今では一年に一五〇〇枚以上の文章を書けるようになった。三〇年前の手書き時代に比べると、五倍のスピードである。

語り部業を開業するうえでは、文章の書き方を知らなくてはならない。私は若いころ人並みに、谷崎潤一郎の『文章読本』、丸谷才一の『文章読本』、井上ひさしの『自家製　文章読本』などを熟読したが、全く身につかなかった。

一説によれば、世の中には四ケタに上る文章読本があるそうだが、このような本は気にしなくてもいいと思うようになったのは、斎藤美奈子女史の『文章読本さん江』（筑摩書房、二〇〇二）を読んでからである。

これは、谷崎以後の名だたる作家・学者・ジャーナリストの手になる文章読本をまないたに乗せて、〝争ってワシがワシがとカラオケ・マイクを握る、歌自慢のおっさんのようなものだ〟と喝破した本である。斎藤女史には、物書きはそれぞれ自分が書きたいように書けばいい、ということを教えていただいた。

それでも、他人に読んでもらうための文章を書く上では、守らなければならない最低限のルールがある。

文章を書く際に、私が最も注意するのは、〝分かりやすさ〟である。中にはNで始まる名前の高名な哲学者のように、（意図的に？）難解な文章を書く人もいる。しかし私は、〝分かりにくい文章を書く人は、頭の中がごちゃごちゃしている、もしくは自分でも分かっていない〟、という説を支持する。

では分かりやすいための条件とは何か。まずは、一つのパラグラフが長すぎないこと、具体的に言えば五行以内に納まることである。『カラマーゾフの兄弟』や『錦繡』のように、一ページに一回しか改行がないような文章を書くのは、大文豪でなければ許されないことである。

また適当なところに句点を入れることが、読みやすさの大事な条件である。どこに句点を入れるかは、若いころから悩みの種だった。そこで、江藤淳教授の後任として東工大教授に就任した、作家の秦恒平先生のご意見を伺ってみた（恐れ多いので、江藤教授には訊く気になれなかった）。

「秦先生。句読点はどのように打てばいいのでしょうか」

「自分が打ちたいところに打てばよろしい」

〝なるほど。文章にはその人固有のリズムがあるからそれに従えばいい、ということだろう〟。

もう一つ注意していることは、なるべく平易な言葉を使い、外国語の使用をできるだけ避けることである。

手書き時代に文章を作成する際に心配だったことは、何かのはずみで原稿用紙の順番がごちゃごちゃになってしまうことだった。ページ番号を振っておかないと、三〇〇枚の原稿を元に戻すための手間はバカにならない。

ワープロを使うようになってからの心配の種は、パソコンに不具合が生じた場合に、せっかく書いた文章が消失してしまうことだった。不具合はいつ起こっても不思議はないので、私はほぼ月に一回の頻度で、ファイルのバックアップを取っていた（それでも何度か、かなりの量の原稿が行方不明になったことがある）。

ところが、二〇〇四年にグーグル社がGmailというサービスを開始して以来、バックアップを取る必要はなくなった。Gmailに加入すると、一五ギガバイトのメモリーが無料で提供されるので、文章を更新するたびに、メールで自分あてに送って（古いメールを廃棄して）おけば、パソコンが不具合を起こしても、最新文章が無傷な状態で残るからである。

筑波大で助教授を務めていた四〇年前には、二〇〇メガバイトのメモリーが二〇〇万円くらいしていた。その後メモリー価格が劇的に低下したおかげで、今では二〇〇メガバイトの七〇〇倍（四〇年前には一四億円相当）のメモリーを、無料で使うことができるようになった。

私が書く本の原稿は、一冊につき三〇〇キロバイト強だから、たとえ五万冊書いても、メモリーはパンクしない（念のために確認したところ、これまで六年間に使用したメモリーは、ちょうど一ギガバイトである）。

二〇一六年に公開された『シチズンフォー　スノーデンの暴露』というドキュメンタリー映画を見ると、グーグルはＣＩＡの求めに応じて、メールの内容を提供していたようだ。

一九八四年に筑波大で開催された「一九八四年　オーウェルの警告を考える」というシンポジウムで、パネリスト全員が一笑に付した〝ビッグ・ブラザーによる監視社会〟が、技術的には可能な時代が到来したのである。

ただの工学部教授であるヒラノ教授を監視しても、グーグルには何も得るものがないから心配する必要はない。しかし、社会的影響力がある人たちにとっては、由々しき問題だろう。実際スタンフォード大学のある有力教授は、「メールにはリスクがあるので、重要な連絡は今後ファクスでお願いします」というメールを送ってきた。

そのうち「ファクスは危ないので、郵便でお願いします」というファクスが来るかもしれない。美しいものに棘があるように、便利なものにはリスクがある、ということである。

私にとって、監視されることより遥かに大きな心配は、Gmail システムそのものがパンクすることである。そこで、情報システムの権威に尋ねたところ、「Gmail がダメになるときは、世界全体がダメになるときですから、心配する必要はありません」とのたまわった（そこまで信用して大丈夫だろうか）。

学術論文の審査

研究者時代の私は、毎年四〜五編の論文を書き、完成するとすぐに専門ジャーナルに投稿した。論文を受け取った編集長は、二人のレフェリー（その分野の専門家）に審査を依頼する。審査のポイントは、

・ジャーナルの編集方針に沿うテーマを扱っているか。
・内容にオリジナリティーがあるか。
・専門家集団に対する有用な情報が含まれているか。

・記述に誤りはないか。
・過去の研究との関係がきちんと記載されているか。

などである。
レフェリーの審査報告は、おおむね以下の四種類に分類される。

1　前記の条件すべてを満たしている場合は、〝アクセプト（受理）〟。
2　内容が専門誌の対象範囲から外れている場合は、〝リジェクト（拒絶）〟。
3　内容に新規性がない場合、もしくは本質的な間違いがある場合は、〝リジェクト〟。
4　間違いが含まれていても、修復可能なものであれば、〝修正後再投稿要求〟。

（修正・再投稿後に）二人のレフェリーの審査に合格した論文は、半年ないし一年後に掲載される。

二一世紀に入るまでの研究者は、〝Publish or Perish（論文を書かない者は退出せよ）〟の掛け声の下で、できる限り多くの論文を書くことに血道をあげた。論文は量よりも質の方が大事であることはもちろんだが、論文の質はその分野の専門家以外には分からないから、数で評価することになっていたのである。

駆け出し助教授時代は不合格続きだったが、教授になってからは、投稿した論文の九五％が高々一回の修正を経て審査をパスした。この結果、国内の同業者の間でベストスリーに入る論文量産教授になった。

研究者の間では古くから、〝他の研究者が書いた論文に、どれだけ多く引用されたか〟が重要な評価指標であると考えられてきた。数は少なくても、被引用回数が多い論文を書いた人の方が、高い評価を受けたのである。しかし、二一世紀に入るまで、これを調べるのは容易でなかった。

ところが、二〇〇四年に「Google Scholar」というインターネット・サイトが立ち上がってからは、過去数十年の間に書かれたすべての論文の被引用回数が、即時に無料で検索できるようになった（世界中の研究者は、グーグルによって丸裸にされた）。

Google Scholarを立ち上げて、ノーベル賞を受賞した大隅良典博士の名前を入力すると、四六〇〇回以上引用された論文を筆頭に、ほとんどすべての英文論文と、その被引用回数がモニターに現れる。ノーベル賞を受賞する人のほとんどは、数千回、中には一万回以上引用される論文を何編も書いている。

私が書いた論文の中で最も多く引用されたのは、一九九二年に『Management Science』誌に掲載された論文の約一五〇〇回である（これでも、わが国の同業者が書いた論文の中では多い方である）。
引用回数で論文の価値を測ることについては、

・流行分野の論文は被引用回数が多くなる。
・新しい研究分野の論文は、（研究者が少ないので）被引用回数が少なくなる。
・価値が乏しい論文でも、徒党を組んで互いに引用し合えば、被引用回数が多くなる。

などの批判もある。しかし、論文数で評価するより優れていることは確かである。

ノンフィクションの審査

一方、ノンフィクションの審査基準は、学術論文の場合とかなり異なる。まず原稿を審査する編集者は、常時沢山の原稿を抱えているので、実績がない人は有力な紹介者がいなければ門前払いになること（特に最近は、本を出したい人が増える一方で、買ってくれる人が減ったので、門前払いの比率は日に日に上昇している）。

次に審査基準が、どれだけ多くの読者を獲得できるか（つまりどれだけたくさん売れそうか）であること。内容が優れていても、一定部数以上売れる見込みがなければだめなのである。

かつて江藤淳教授は、つぎつぎと売れない本を自費出版する哲学者を、「商業価値がない本を書いても意味がない」と嘲笑ったが、評論家（文筆家）の基準は、研究者の基準とは違うのである。

著者は編集者のアドバイスに従って改訂に励む。しかし、論文と同様何回書き直しても駄目な場合もある。また編集者の審査をパスした後は、編集委員会の審査を受けなくてはならない（ここが論文と最も違うところである）。合否は担当編集者のプレゼンテーション・説得能力と、それまでの実績（担当した本の売り上げ）に掛かっている。

かつて、ある大出版社に勤めていた友人は、「持ち込み原稿を出版にこぎつけられるか否かは、紹介者の有無と過去の実績、そして著者と編集者の相性次第だ」と言っていた。

これに対して論文の場合は、紹介者は不要である。またレフェリーは匿名が原則で、合否の判定基準は論文の内容だけである。

研究業界では有名だったが、もの書き業界では無名だったヒラノ教授が、商業出版社から一般読者向けのノンフィクションを出してもらうことができたのは、有力な出版エージェントが仲介してくれたからである（残念なことにこの人は、二冊目の本が出たところで病に倒れた。現在も健在だったら、と悔やまれる）。

ノンフィクションからフィクションへ

退職後の六年余りで、私は一ダース以上のノンフィクションを書いた。これだけ書くと種が尽きる。そこで、友人の勧めに従って、大学を舞台とする小説を書くことを思い立った。

アメリカでは、〝大学小説〟というジャンルが確立されている。たとえば、John Kramer の『The American College Novel, An Annotated Bibliography』という本には、六四八冊の大学小説がリストされている。大学小説が多いので、大学を舞台とする映画も多い。

一方、日本には大学小説も大学映画も少ない。その最大の理由は、ハーバード、スタンフォード、プリンストンなど、アメリカの一流大学に比べて、日本の大学は魅力が乏しいことだと私は考えている。〝しかし、（日本には数少ない）面白い大学小説を書けば、読者の関心を引くことが出来るかもしれない〟。

小学生時代の私は、ほら話を作るのが得意だった。学芸会の時には、私のほら話をもとにした即興劇を仲間たちと演じて、やんやの喝さいを浴びた。珍しく参観に現れた母は笑い転げる一方で、ほら吹き息子の行く末を案じていた。「手が後ろに回らなければいいんだけど、心配だねぇ」が母の口癖だった。

小学生時代には、図書室に置いてあった講談社の「少年少女世界名作全集」や、ポプラ社の「偉人伝シリーズ」を全巻読破した。中学生になってからは、年に一〇〇本近い映画を見まくり、貸本屋から借りてきた推理小説、歴史小説、ノンフィクションに熱中した。

高校時代はラグビーと受験勉強に時間を取られたため、映画や本に割り当てる時間は減った。しかし大学に入ってからは、毎月二冊ずつ刊行される、中央公論社の「世界文学全集」全四〇巻（六〇巻だったかもしれない）をほぼすべて読了した。世界的な文豪の作品は、人生経験が乏しい若者の血となり肉となった。

大学に勤めるようになってからは、時折ひいきの作家の新作を読むことはあったが、専門書と専門にかかわりが深いノンフィクション、そして気分転換のためのミステリー、マンガが中心なった。

一方、芥川賞を取った純文学作品の中で、ここ一〇年間で最後まで読み通したのは、羽田圭介氏の介護小説『スクラップ・アンド・ビルド』だけである。気が短い元エンジニアは、本筋と関係が希薄な文章が続くと、「get to the point（いったい何が言いたいの）」と叫びたくなる。

子供のころ、映画評論家になりたいと思っていた私は、今では、毎日何本もの新作映画（その大半はつまらない）を見なければならないプロの評論家に同情するようになったが、全編が〝横書き、ひらがな中心、固有名詞なし〟という、黒田夏子さんの芥川賞受賞作『ab さんご』でも読まなくてはならない文芸評論家も、辛い職業である。この本は一四万部も売れたそうだが、全部読み通した人は何人いただろうか（私は一ページも読めなかった）。

工学部教授も、難解な（もちろんつまらない）博士論文の審査に付き合わされて、うんざりさせられることがある。しかしそれは、たかだか年に三回、三〇時間程度に過ぎなかった（やはり、二〇世紀の工学部教授は恵まれた職業でした）。

小説家の中には、綿密な取材を行ったあと、事実を換骨奪胎して物語を組み立てる人と、ほとんどゼロから架空の話を作り上げる人がいるが、事実のみを記す論文書きに励んでいる間に、ほら吹き（学界用語では捏造）才能が枯れてしまったヒラノ老人は、種になる事実がなければ小説は書けない。

そこで私は一年がかりで、〝東都工大という架空の理工系大学を舞台とする、シニア教授の業績評価作業と学長選挙をめぐって、教授と金と女が入り乱れる大騒動〟を扱った小説を書いた。〝疑似事実〟をもとにして組み立てた、実際にあってもおかしくないセミ・フィクションである。すでに九分通り書き上がっているが、はじめてのフィクションを世に問うためには、まだかなり手を加える必要がある。

出版というメディアの衰退が叫ばれるようになって、すでに久しい。五〇〇円のマンガや文庫本、七〇〇円の新書は買っても、一度しか読まない単行本に、一五〇〇円（税金を加えれば一六二〇円）も払ってくれる人は少ない。

懐具合に余裕がない人、もしくは余裕があってもケチな人は、値段が高い本は自分では買わずに、サービスが行き届いた公立図書館で借りて読むのである（出版不況の原因の一つは、公共図書館が無料の貸本屋を営んでいるせいである）。

福岡在住の友人が知らせてくれたところによれば、市営図書館が保有している私の新刊本には、六人の待ち行列ができていたという。一人あたりの借り出し期間は普通二週間だから、登録してから三カ月以上待つことになる。

一カ月程度であれば、私でも待つかもしれないが、三カ月は待てない。〝本は買ったときに読まなければだめ〟なように、読みたいと思ったときに読まなければだめなのである。

新聞広告や書評で面白そうな本を発見すると、私はまず錦糸町駅界隈の大型書店に出かける。そして見つからないときは、アマゾンではなく、近所のセブン・イレブンで注文する（なぜ即日無料配達のアマゾンでないのかと言えば、悪名高い「ワンクリック特許」で、在米中に大変お世話になった、アメリカ最大の書店「バーンズ・アンド・ノーブル」を経営危機に陥れたジェフ・ベゾスが嫌いだからです）。

SNS

本というメディアに代わって、発信媒体としてのシェアを伸ばしているのが、ブログ、フェイスブック、ツイッターなどに代表されるＳＮＳである。

ブログが普及し始めたのは、二一世紀に入って間もないころだったが、そのころの私には、発信するための時間がなかった。ひたすら研究、教育、雑用、介護に時間を費やしていたからである。

フェイスブックが登場した時、私は四〇年前に書いた「二一世紀の日本」懸賞論文の中で提唱した、〝ミディアム・コミュニケーション〟が可能になる時代がやってきた、と直感した。

〝家族や親しい友人の間で行われるミニ・コミュニケーションと、新聞やテレビなどのマス・コミュニケーションの中間に位置する、メンバー同士の相互コミュニケーションが可能な、中規模集団によるミディアム・コミュニケーション・システムが、民主主義の健全な発展に不可欠である〟という主張である。われわれの論文の中で、審査員諸氏に最も高く評価されたのは、この部分である。

実際フェイスブックは、ミディアム・コミュニケーション・ツールとして、目覚ましい役割を果たしている。多くの友人と意見を交わすことが出来るようになったし、長く音信不通だった旧友と交流を復活させた人も多いようだ。

ところがその後間もなく、ＳＮＳの副作用が顕在化した。何気なく発信した言葉が炎上騒ぎを起こし、発信者がダメージを受けるケースは枚挙にいとまがない。

また嘘八百を並べ立てて、人々を欺く人が跋扈するようになった。そして「人々は真実ではなく、わかりやすい嘘を求めている」という、(元) 脳科学者Ｍ氏の言葉を裏付けるように、わかりやすい嘘で不満分子を煽り立て、大統領になった人までいる。

ツイッターにもフェイスブックにも加入しなかったのは、このような副作用を恐れたためである。古希を過ぎた老人が新しい交友関係を結ぶのは、いいことばかりではない。友達の友達は、必ずしも友達になりたい人ではないからである。信用できない人が一人紛れ込んだだけで、そのコミュニティが機能しなくなることもあるのだ。

まともなもの書きは、文章を何度も推敲する。そのあとには、編集者や校閲者のチェックが入る。つまり本という媒体は、市場に出るまでに、何段階ものフィルターを通過してきたものなのである。そうでない本も多いことは事実だが、このプロセスを経ることで、間違った記述や不穏当な表現を最小化するのである。

一方、フェイスブックやツイッター上で発信される文章の多くは、〝書き流し〟である。〝まともな語り部を目指す人間が、炎上にさらされるリスクを取るのは賢明とは言えない〟。かくしてヒラノ元教授は、今も本という古典的な媒体で、語り部業を続けている次第である。

5　五大後悔

標準的な五大後悔

死を前にした人間は、様々なことを後悔するという。長く終末期患者の緩和ケアの仕事に携わり、多くの人の死を看取ったオーストラリア人の看護士ブロニー・ウェアは、『死ぬ瞬間の五つの後悔』（新潮社、二〇一二）の中で、死にゆく人々の五大後悔として

1　自分の人生を生きる勇気を持つべきだった。
2　もっと熱心に働けばよかった。
3　もっと自分を表現する努力をすべきだった。
4　もっと友人とつながっておくべきだった。
5　もっと幸せになる努力をすべきだった。

を挙げている。では私の場合はどうか。

まず一について言えば、エンジニアとしての素質が乏しいことを知りながら、工学部に進んだのは間違いだったかもしれない。しかし、ほかの道を選んでも成功したとは限らないし、少年時代からの目標だった大学教授という職業に就き、人並み以上の成果をあげることが出来たのだから、自分の人生を生きたと言えるのではなかろうか。

誰が書いたかは知らないが、私はWikipedia上で、〝数理計画法と金融工学の研究者、著述家〟と記されている。最初の二つはその通りであるが、三つめの〝著述家〟は汗顔の至りである（出版社に勤める友人によれば、文筆家より著述家の方が格上だそうだ）。

二については、現役時代に年間四〇〇〇時間働くワーカホリック生活を続けた私は、今では〝もう少しゆとりをもって過ごせば良かった〟と思っている。より多くの時間を趣味に割いていれば、語り部以外にやることがない、つまらない老人にならずに済んだだろう。

三については、一五〇編の論文、一〇〇編以上の解説記事、三五冊の本を書くことを通じて、自分を表現する努力は十分に行ったと考えている。

ところが最近、敬愛する阿刀田高氏のエッセイの中に、〝自分のことは、いかに卑下して書いても、結局は自慢話になる〟という記述を発見して愕然となった。ヒラノ元教授は退職後の六年間、延々と自慢話を書いてきたのである。

四については、私には四人の親友と十数人の親しい友人がいる。そして現役中も定年後も彼らと親密に付き合ってきた。

広辞苑によれば、親友とは、〝信頼できる親しい友達〟のことである。しかし、私にとっての親友とは、〝自分が信頼している友人で、相手も自分を信頼していると確信している友人〟のことである。

「あなたには親友がいますか」という質問に対して、イエスと答える人は一〇人に一人程度だと言われる状況の中で、四人の親友がいる私は幸せ者である。ただ一つの後悔は、私の不注意が引き起こした事件がもとで、四〇年来の〝盟友〟と疎遠になったこと、そしてこの件に関して多くの友人に心配をかけたことである。

五についていえば、子供の頃に読んだ小説や伝記の影響で、私は〝人間は苦労しなければ成長しない。幸せになったらそこで成長が止まる〟と考えてきた。だから、なるべく幸せにはならないよう努力してきた。おかしな男だと思われるだろうが、私はこの努力のおかげで、結果的に幸せな人生を送ることが出来た。

フランク・シナトラの『マイ・ウェイ』の歌詞には、〝Regrets, I've had a few ; But then again, too few to mention（私にも後悔することがないわけではない。しかしそれは、あまりにも少ないので、ここで言及するまでもない）〟という、かっこいいフレーズがあるが、私には大小さまざまな後悔がある。

早すぎた大学移籍

修士課程を出た一九六五年に、私は九電力会社の給付金で運営されている「電力中央研究所（電力中研）」に就職した。当初の約束では、数値解析（計算機数学）の研究に携わることになっていたのであるが、諸般の事情で「原子力発電研究室」に配属された。

与えられた研究テーマは、当時〝夢の原子炉〟と呼ばれていた「高速増殖炉」の経済性分析である。全く土地勘がないテーマなので、どこから手を付ければいいのかわからないまま、ちゃらんぽらんな二年半を過ごした。

このまま行っていれば、私は原子力発電の二流研究者として、一生を終えていた可能性が高い。一方、もし一流の研究者になっていたら、〝原子力村の悪人〟というレッテルを貼られて、今頃は後悔まみれの老後を過ごしていただろう。

就職して二年目が終わるころ、棚から特大の牡丹餅が落ちてきた。高度経済成長に伴う電力売上急増のおかげで、研究資金に余裕ができた研究所で、海外留学制度が発足し、私がトップバッターに選ばれたのである。留学期間は二年間、何をやっても構わないという好条件である。高温液体ナトリウムという恐ろしい冷却材を必要とする高速増殖炉の研究から抜け出す絶好のチャンスである。

そこで私は、（今では絶対に入れてもらえない）スタンフォード大学で、学生時代以来関心を持っていたオペレーションズ・リサーチ（OR）を勉強することにした。

ぬるま湯から超競争社会に放り込まれて、がぜんやる気が出た二八歳の青年は、一日一四時間の猛勉強と、ジョージ・ダンツィク教授（線形計画法の父と呼ばれる大学者）の指導のおかげで、三年弱で博士号を取得した。

国際A級研究者を目指して帰国した青年を待っていたのは、日銀調査部出身の新所長の指示のもとで、成果が出るかどうかわからない〝研究〟よりも、必ず成果が出る〝調査〟を重視する研究所だった。

理工系の研究者にも調査活動は必要である。世の中にはどのような問題があるか、どうすればそれを解決することが出来そうか、先行研究にはどのようなものがあるか、などに関する綿密な調査である。

しかし、社会学や法学のような文系の学問と違って、工学系の学問の場合は、調査報告だけでは研究業績にならない。それまでに知られていなかった、何らかの技術的知見の正しさとその有用性を、（計算機）実験によって実証することが必要なのである。

「研究より調査を重視せよ」は、「この研究所には、理工系の研究者は不要だ」と同義語である。〝ここに勤め続ければ、国際A級研究者はおろか、国内A級研究者にすらなれない〟。こう考えた私は二年半後に、〝国際A級大学〟を標榜する筑波大学から助教授ポストのオファーがあった機会に、研究所をやめることにした。

所長は恩義がある研究所を足蹴にする若者を、懲戒免職にしようと考えた。この窮地を救ってくれたのが、ウィーンに新設された「国際応用システム分析研究所（IIASA）」からの招待状である。

IIASAは、ベトナム戦争終結後のデタント政策の下で、米ソ両国が音頭を取り、東西一六か国の研究者が、世界規模の問題を分析する目的で設立されたものである。〝政府が支援している世界的な研究所から招待された人物を懲戒免職にすれば研究所の名前に傷がつく〟という説得を受けた所長は、処分を撤回した。

懲戒を免れた私は、筑波大に移籍してまもなくウィーンに出向し、〝原子力界の皇帝〟と呼ばれていたウォルフ・ヘッフェレ教授（カールスルーエ高速増殖炉研究センター長）の下で、二一世紀初頭に至る〝最適発電システム〟の研究を担当した。

ヘッフェレ教授から絶賛される研究成果を上げた私は、エネルギー・システムの研究者として、国際的に名前を知られるようになった（またまた自慢してしまいました）。

今になって考えると、もしIIASAからの招待状が、筑波大からの移籍話より前に届いていたら（両者の間には二週間の違いしかなかった!!）、私は筑波大に移籍せずに、電力中研からIIASAに出向していただろう。

ORや統計学の世界で古くから研究されてきた、「秘書選び問題」が教えるところによれば、〝何人かの候補者がいる場合、（ある技術的条件のもとで）一番目の候補は見送って、二番目以降の候補の中で、それまでの誰よりも良い候補が現れたところで決めるのがベストである〟という。

もしこの教えに従っていれば、私は電力中研に在籍したまま、数年にわたって東京とウィーンの間を行ったり来たりしながら、最適エネルギー・システムとORの研究に励み、研究所に十分なご恩返しをした後、三年後に（四つ目の候補である）筑波大の社会工学科に移籍していたはずだ。

そうしていれば、私は〝裏切り者〟という烙印を押されることはなかったし、四〇代初めには、国際的に評価される研究者になっていただろう。

移籍先の筑波大・計算機科学科は、全国各地から集まった野心家がバトルを繰り広げる〝戦場〟だった。この結果私は、研究者として最も大事な三〇代半ばから四〇代初めの六年間を、無為に過ごすことになった。

三〇代でC級に身を落とした研究者が、四〇代に入ってからスパートしても、国際A級グループに追いつくのは難しい。マラソンに例えれば、最初の一〇キロで先頭集団から一キロ近く引き離されたランナーが、残りの三〇キロで三位以内に入るような話である。

数千人のプレーヤーがひしめく競争社会で、国際A級研究者になるためには、

・若いころからコンスタントに、レベルが高い論文を書くこと。
・世界各地で開催される研究集会に出席して、国際A級研究者たちに対して自分の成果をアピールすること。
・（学会を支配する）国際A級研究者集団を敵に回さないこと。
・自分一人だけではなく、仲間と隊列を組んで研究を進めること。

などの戦略が必要なのである。

東工大に移籍してから恵まれた研究生活を送った私にも、いくつか後悔することがある。四〇代初めに東工大に移籍してまもなく、私は二つの大きな鉱脈を発見したが、もし三〇代のうちにどちらか一つでも見つけていたら、国際A級グループの仲間入りができたかもしれない。

また自分としては会心作だと思ったいくつかの論文、とりわけ、

・「線形乗法計画問題」という「NP困難問題」に対する平均多項式オーダーの解法を提案

した一九九二年の論文。

・金融資産の価格決定メカニズムと、なぜバブルが起こるのかを解明した一九九〇年代はじめの一連の論文。

が思ったほど評判にならなかったのは残念である。

ついでにもう一つ。ある国際会議の事務局長を務めた際に、学会を支配するグループの〝国辱的な〟要求を受け入れなかったことは、私の研究者としてのステータスにマイナスの影響を及ぼした（この事件が無ければ、国際A級グループに入ることが出来たかもしれない。しかし、要求を受け入れていたら、もっと後悔していただろう）。

しかし私の後悔は、線形計画法の生みの親であるにもかかわらず、線形計画法に対してノーベル経済学賞が授与された際に、不当な理由で受賞を逃したわが師・ダンツィク教授の無念に比べれば、取るに足りないものである。

「理財工学研究センター」の挫折

二つ目の後悔は、心血を注いで設立した東工大の「理財工学研究センター」が、設立後わずか五年で事実上廃止に追い込まれたことである。諸般の事情を考えれば、やむを得なかったのかもしれない。しかし、もう少し戦略を巡らせていれば、このセンターは今も、金融技術のセンター・オブ・エクサレンスとして輝いていた可能性があった。

私が本格的に金融工学に取り組み始めた一九八〇年代半ばは、経済学者と経営学者が取り仕切っていた金融（ファイナンス）の世界は、経済学から工学（技術）に切り替わろうとしていた時期に当たっている。

金融自由化の時代を迎えて、「デリバティブ」と呼ばれる金融新商品の取引が解禁されたため、また資産運用手法が多様化・高度化したため、経済・経営学者にはなじみが薄い数理工学手法が不可欠になったのである。

ＯＲ（数理工学）の専門家である私は、同僚の白川浩助教授とともに金融工学に参入し、世界的な注目を浴びる研究成果を上げた。この実績を背景に、われわれは一九九八年に「理財工学研究センター」設立構想をまとめ、文部省に概算要求（予算申請）する準備を進めていた。

ところがここに突然、東大の「先端科学技術研究センター（先端研）」が名乗りを上げた。東工大のセンターと瓜二つの「先端経済工学研究センター」を設立して、金融工学研究をスタートさせるというのである。

二つの有力大学から、ほとんど同じ内容の予算請求が提出されたとき、文部省の対応は両方とも通すか、両方とも棄却するかの二者択一である。

このとき東大は、東工大との相打ちを狙っていた。〝金融工学という将来性がある先端技術分野で、ライバルの東工大に先を越されることは避けたい。準備不足は否めないが、とりあえず名乗りを上げて東工大プランを潰し、来年まで時間をかけて準備しよう〟という戦略である。

一方、一〇年以上実績を積んできた東工大勢は、東大の巻き添えになることは絶対に御免だった。この機会を逃せば、日本の金融工学と金融ビジネスは、これから先もアメリカの後塵を拝し続ける運命だからである。

当初われわれは、八人体制（専任教授四人、専任助教授四人、客員教授一人ないし二人）のプランを練っていた。大蔵省の文部省担当主計官が、「理工系大学の金融工学への参入は、わが国の金融ビジネスにとって焦眉の急である。（実績がある）東工大が出してくる要求には、満額回答を与えよう」と言っていることを知っていた私は、文部省の関門をパスすれば、八人体制は十分実現の可能性があると考えていた。

〝八人の精鋭が集結すれば、世界をリードするＭＩＴ、カーネギー・メロン、チューリッヒ連邦工科大学と遜色がないセンターが出来る〟と考えていた私は、東大の参戦によって、八人を六人に減らさざるを得なくなった。〝六人でも、私と白川助教授が頑張ればなんとかなるだろう〟。

ところがその後、文部省からの出向者である大学の事務局長から、専任スタッフが五人、そのうち新規ポストは二人（残りの三人は、学内の既存定員をまわす）というプランが提示された。財政危機の中で、新規ポスト要求は二人に抑えないと、大蔵省が認めてくれないというのである。

現有スタッフの中から三人をコンバートせよという話である。しかし、現有スタッフの中で金融工学の専門家は、私と白川助教授の二人だけである

「このようなプランでは、センター構想を成功に導くことは難しい」という白川助教授の反対を押し切って、私は事務局長の「小さく生んで大きく育てるという戦略で行きましょう」という説得に応じた。〝研究成果を出せば、数年後に八人体制を実現することは不可能ではない〟と考えたからである。

ところが最後の段階になって、（大蔵省の意向を忖度する文部省の指示を受けた）事務局長は、新規ポスト要求を、二人から一人に減らすよう要求した。当初の構想に比べると、まことに無残な成り行きである。

しかしここで撤退すれば、東大に苦汁を飲まされることになる。かくして専任スタッフが四人（新規スタッフは一人だけ）のセンターは、苦難の航海に乗り出すことになったのである。

もし東大の参入がなければ、あるいはもし私が主計官の発言をバックに粘っていたら、六人案を通すことが出来たかもしれない。またもし一年早く、（東大が参戦する前に）予算請求を行っ

ていれば、八人案が通っていたかもしれない。

つくづく思うのだが、私の欠点は、何事にも最後の詰めが甘いことである。自分の意見を通すことによって、誰か（この場合は学長と事務局長）が窮地に陥ることは避けたいという、〝いい子になりたがる〟性格がなせる業だろう。

理財工学研究センターは、最初の二年間に六一編（!!）のレフェリー付き論文、三〇編の解説記事、四三件の学会発表、八回のシンポジウム、五件のプロジェクト、そして特許申請一件という目覚ましい成果をあげた。そして私が退職した一年後の二〇〇二年に行われた、学外の専門家による業績査定で、ＡＡＡの評価を受けた（ＡＡＡＡでもおかしくなかった）。

この時われわれは、これだけの成果を上げたのだから、二年後には少なくとも一人の増員が認められるだろうと考えていた。〝小さな組織を大きく育てるためには、成果を出すことが最も大事だ〟。しかし、この考えは日本では通用しなかった。

私が定年退職したあと、過労が祟って白川教授が夭折したため、センターは二基のメインエンジンを失った。そして、金融工学に好意的とは言えない人物が学長に就任したところで、独立法人化という大嵐が襲ってきたのである。

専任スタッフが四人しかいない弱小組織は、嵐の中で草刈り場になった。今も理財工学という看板は残っているが、かつてセンター・オブ・エクサレンスと呼ばれた面影は失われた。

なお東大の「先端経済工学研究センター」（東工大と同じく専任スタッフ四人、新規定員一人）は、東工大のセンターより一年早く、嵐が来る前に親元の「先端研」に吸収合併された。

東工大と東大のセンターが廃止された後に出現したのが、一橋大、早稲田大、東大などの経済学者グループによる、ファイナンス研究・教育部門である。彼らの目的は、新しい金融技術を開発することではなく、社会人に対して金融経済学の教育を行うことだった。

教育面での成果は上がったようだが、世界をリードする研究成果を出したとは言い難い。今や金融ビジネスは、技術の勝負になったからである。残念ながら、東工大と東大のセンターが廃止された後、国立大学の理工系部門に金融技術に関する研究施設が設立されることはなかった。かくしてわが国の金融技術は、依然としてアメリカの後塵を拝し続けているのである。

もし八人の専任スタッフを擁するセンターが設立されていれば、そしてもし白川教授が夭折していなければ、この本の冒頭で紹介した自動与信システム（財務データをもとにして、企業の倒産確率を高速に計算し、それに見合う金利で、投資家がインターネットを介するオークションによって資金を融資するシステム）などの〝フィンテク（金融技術）〟が、このセンターから生まれていた可能性があっただけに、かえすがえすも残念なことになったものである。

なお「理財工学研究センター」の設立・廃止の顛末については、『すべて僕に任せてください』（新潮社、二〇〇九）で詳しく紹介した。

数学特許裁判

三つ目の後悔は、一九九〇年代から東京高裁で行っていた「カーマーカー特許裁判」に敗訴したこと、そしてその後最高裁に上告しなかったことである。

この裁判は、線形計画問題の解法である「カーマーカー法」の〝新規性〟と〝特許性〟をめぐって争われたものである（その詳細は、『特許ビジネスはどこに行くのか』（岩波書店、二〇〇五）で紹介した）。

特許制度が成立して以来、世界中すべての国で、数学や数学的解法は特許付与の対象にしないことになってきた。

ちなみに日本の特許法は、〝特許とは発明、すなわち自然法則に基づく技術的思想に対して与えられるもの〟と定義している（これは特許性の条件と呼ばれている）。ところが、数学は人間が生み出したものであって、ニュートンの運動法則のような、自然法則ではないと考えられているのである。

カーマーカー特許は、数学（数理科学）関係者からみれば、数学的解法そのものに対して与えられた特許だった。つまりこの特許は、〝特許性〟の条件を満たしていないのである。またここで申請された解法は、新規性の条件（過去に誰も発表していないという条件）も満たしていなかった。一七年前に全く同じ解法が、ある専門誌上で発表されていたのである。

このような特許が成立したのは、特許庁（経産省の下部組織）が、過激な知的財産保護政策を推し進めるアメリカ政府の圧力に屈したためである。その詳細については前掲書を見ていただくとして、線形計画法の創始者であるダンツィク教授の弟子である私は、〝新規性がない線形計画法（数学）特許〟に対する戦いを開始した。

特許庁に対して行った異議申し立て（一九九三年）と、特許無効審判請求（一九九五年）が棄却されたため、一九九七年に東京高等裁判所に対して、カーマーカー特許の違法性を訴えたのである。

これと並行して、私は「日本OR学会」や「日本情報処理学会」で、この特許の違法性や弊害の大きさについてアピールしたが、エンジニアの反応は鈍かった。大学勤めのエンジニアは、法律問題に取り組んでも研究業績にならない上に、専門外のことに口を出すのははしたないことだと考えているからである。また企業勤めのエンジニアは、たとえ反対でも黙っている方が賢明である。

知的財産権法の専門家はどうかと言えば、国の方針に異議を唱える人は皆無だった。そのようなことをやれば、通産省や法務省の逆鱗に触れ、各種審議会から締め出されるからである（審議会から外されると、学者としてのステータスと、ライバルより先に情報を手に入れる機会を失う）。この結果私は、孤立無援の状態で、五年に及ぶ裁判を戦うことになった。

二〇〇二年に下った判決は、〝（特許が消滅したため）訴えの（金銭的）利益が無くなったので原告敗訴、裁判費用は原告の負担とする〟というものだった。実はこの前年に、被告（ルーセント・テクノロジーズ社）側が、〝アメリカ政府の意向を忖度して、カーマーカー特許を違法だとする判決を出したくなかった〟東京高裁判事のアドバイスで、三年の有効期間を残して特許を放棄したのである。

この結果、私が訴えたかったこと、すなわちカーマーカー特許には特許性も新規性もないことについては、ほとんど審議されることなく、裁判は終了した。カーマーカー特許を葬ることには成功したが、私の本当の目的である〝数学特許の違法性〟を認めてもらうことはできなかった。

残された最後の手段は、最高裁に上告することである。しかし、このとき私は戦意を喪失していた。五年の時間（一〇〇〇時間以上）と裁判費用を無駄にした私は、勝ち目がない裁判を、これから先自腹を切って戦うのは賢明でないと考えたのである。

妻の難病が進行したために、介護に充てるお金と時間が増えたことも、諦めた原因の一つである。

ところが敗訴が確定してから三年目に、（特許庁の上部組織である）経産省が、「ソフトウェア特許見直しに関する懇談会」を設置した。カーマーカー特許以降、続々と成立したソフトウェア特許と、その延長線上に生まれた「ビジネス・モデル特許」（その代表がアマゾンの悪名高い「ワンクリック特許」である）が猛威を振るう中で、アメリカ政府がソフトウェア特許の審査を厳格化したことを受けたものである（日本政府は、いつもながらアメリカの後追いである）。

この審議会に呼ばれたただ一人のエンジニアは、思いがけない事実を知った。ソフトウェア特許を容認していたはずの日本の大手電機メーカーやソフトウェア会社は、実際には一様に反対していたこと（反対意見は通産省が握りつぶした）、知財問題が専門の法学者も、本音ではソフトウェア特許に反対だった、ということである。

審議会の中心人物である知的財産法の最高権威（東大法学部教授）は、私の耳元で「（カーマーカー特許の違法性について）最高裁に上告していたら、勝てたかもしれませんよ」と囁いた。因みにこの人は、九〇年代に開催された各種シンポジウムの際に、法律の素人である私の主張に最も強く反対した人物である。

知り合いの弁護士は、「日本の司法は行政以上にアメリカに弱いから、アメリカ政府の意向に反する判決は出さないでしょう」と言っていたが、今であれば（時間だけは十分にある）私は、上告するのではなかろうか。

なぜなら、二〇一五年に公開された『黄金のアデーレ　名画の帰還』という映画を見て、自分の詰めの甘さを反省したからある。

ロサンゼルスで小さなブティックを営む、八二歳（！）のマリア・アルトマンさんは、長い間父親の遺言でオーストリア政府に寄贈されたとされてきた『黄金のアデーレ』（オーストリアのモナリザと呼ばれる、時価一五〇億円の名画）は、実際には寄贈されたのではなく、ナチスによって強奪されたものであることを知る。

オーストリアで返還訴訟を起こすためには、一〇〇万ドルの供託金を納めなくてはならないが、そのような大金の持ち合わせはない。

そこで、甥にあたる駆け出し弁護士（アーノルド・シェーンベルクの孫）に相談したところ、外国機関（オーストリア国立美術館）であっても、アメリカ国内で商業活動（絵画集の販売）を行っている場合には、アメリカで訴訟を起こすことが出来ることが判明する（アメリカの法律は、アメリカにとって都合のいいように作られていることを示す好例である）。

アルトマンさんは、アメリカで返還訴訟を起こし、最高裁で勝訴した。ところが、件の絵を所蔵するオーストリア国立美術館は、この判決を無視した（当然ですよね）。このあとマリアさんは、ウィーン在住の〝良心的〟反ナチ・オーストリア人の協力の下で、三人の識者（全員オーストリア人）による調停に持ち込むことに成功した。

結局は、大方の予想を裏切ってマリアさんの主張が通り、名画は返還されるのであるが、私は何回もの危機を乗り越えて、九〇歳を迎える直前に名画を取り戻したアリアさんの意志の強さと、調停に持ち込まれたときに、落胆するシェーンベルク弁護士に向かってマリアさんが発した一言、「私たちは最高裁まで戦って勝ったのよ」に衝撃を受けたのである。東京高裁で敗訴した後、最高裁に上告していれば、私も勝てたかもしれない。『黄金のアデーレ』返還訴訟と違って、裁判に勝っても金銭的利益は何もないが、数学を特許から守った、〝歴史的な判決〟として語り継がれただろう。

蛇足であるが、ウィーンに出向していた一年の間に、『黄金のアデーレ』を見るため何度もヴェルヴェデーレ宮殿に足を運んだ私は、アデーレが〝強欲の象徴・ウォール街〟があるニューヨークに帰還したことを残念だと思っている。あの絵は、アデーレが生きていた〝古き良き時代のウィーン〟の象徴だからである。

特許に関しては、もう一つ残念なことがある。

五年に及ぶ特許裁判を闘った私は、東京高裁の判事は、〝技術のことについては、H_2Oが水であるという程度のことを知っていれば十分だ〟と考えている法学部出身の判事（私は彼らをH_2O判事と呼んでいる）であることを知った。

〝全く技術的な素養がない判事が、技術紛争を裁くのは問題ではないか〟。これは、特許にかかわる企業、技術者、弁理士集団のすべてが、長らく抱いてきた疑問である。折から「知財立国」を標榜する小泉内閣は、司法制度改革に乗り出していた。

ここで湧き上がったのは、新設される「知的財産高等裁判所（知財高裁）」に、アメリカのような「技術判事制度」を導入するという案である。技術系の学部で学んだあと、ロースクールで法律を学んだ人が、技術判事として特許紛争を裁くという制度である。

私は、技術者集団が中心になって設立した「日本知財学会」の副会長として、自民党の「司法制度改革検討会」に呼ばれた機会に、自説を開陳した。ところが、特許関係者の努力によって実現一歩手前まで行ったこの構想は、法曹界という〝岩盤〟に跳ね返されてしまった。

日経新聞の一面に、〝技術判事制度導入決まる〟という記事が出た翌日の逆転劇だった。いつものことながら新聞に訂正記事は出なかったから、今でもこの記事を信じている人がいるかもしれないが、技術判事制度の導入は、次の司法制度改革（二〇年後？）に持ち越されたのである。

知財高裁関係の法律家は、特許裁判の信頼性は高まったと主張している。これが事実だとしても、技術者が依然として技術的素養が乏しい知財判事の支配下にあるのは、誠に残念なことである。次の司法制度改革の機会（その頃私は絶対に生きていないが）に、技術判事制度が実現されることを願いたい。

家庭内暴力と延命治療

四つ目のそしてわが生涯最大の後悔は、妻に対する家庭内暴力（ＤＶ）と、妻の意志に反して気管切開手術を施したことである。

新聞には、老老介護に疲れた老人に関する記事があふれている。その多くは、在宅介護にくたびれた老人が、伴侶を殺めたケースである。一件の交通事故に数十件のニアミスが潜んでいるように、一つの殺人事件の背後には、数十件のＤＶが隠れている。

私の場合も、在宅介護を続けていれば、無理心中事件に発展する可能性があった。この件については、『工学部ヒラノ教授の介護日誌』（青土社、二〇一六）に詳しく書いたので、関心がある読者はそちらを参照していただくことにして、妻の死後七年近い年月が経過した今なお、悔悟の念に苛まれる私のケースについて、手短に紹介することにしよう。

脊椎小脳変性症という一万人に一人の難病を患う妻は、二〇〇七年初めに要介護度三の認定を受けた後も、夫とヘルパーさんの支援のもとで、自宅で暮らしたいと言っていた。気が変わったのは、二〇〇七年の春である。

看護師が妻をベッドから車いすに移動する際に、手が滑って床に落としてしまう事件が起こった。痛み止めの座薬（ボルタレン）を挿入しても激痛は収まらず、妻は一晩中泣き叫んで過ごした。翌日診察に訪れた内科医は、「ボルタレンの量をふやせば、良くなるでしょう」と言ったが、挿入回数を増やしても痛みは全く減らなかった。

　週末は地獄だった。金曜の夕方から月曜の朝までの六〇時間は、介護士も看護師も来てくれない。妻はしばし眠ったかと思うと絶叫する。近所から苦情が出ることを恐れた私は、妻を泣きやませようとして頬をたたいた。

　難病に罹って以来一二年、妻は常に冷静だった。普段の冷静な妻と、絶叫する妻のあまりの落差にショックを受けた私は、妻に手を上げた。そして恐れていた通り、暴力は次第にエスカレートした。外からは見えない頭部をげんこつで殴り、頬を手のひらで叩いた。

　介護士は夫のDVを見逃さなかった。このまま放置すれば、いずれ大事故が起こると判断した介護士は、なるべく早く介護施設に入るよう妻にアドバイスした。この結果妻は急遽、介護施設に入居することを決断したのである。

　介護施設に移った後も、痛みは治まらなかった。ペイン・クリニックに相談すれば、痛みを緩和する薬品（モルヒネなど）を投与してもらえるだろうと思ったが、回診にやってくる内科医は、「ペイン・クリニックは、末期癌患者のための施設であって、それ以外の病気の場合は（いかに痛みがひどくても）、モルヒネを使うことはできません」という。

　半年後に整形外科医の診察を受けたところ、腰椎陥没を起こしていることが判明した。その後、二〇回のブロック注射を受けたおかげで、痛みは治まるのであるが、腰椎陥没の痛みは、腎臓結石のそれに匹敵するということだ。「これでは痛かったでしょうね」という医師の言葉を聞きながら、私はぼんくら内科医と看護師を恨んだ。

妻に暴力をふるったこと、腰椎陥没に気が付かなかったことは、悔やんでも悔やみきれない。しかし、後悔することはこれだけではない。

間もなく自分の命が終わることを知っていた妻は、かねて「延命処置は断ってくださいね」と言っていた。ところが誤嚥性肺炎で危篤に陥った時、私は医師の「気管切開は延命処置ではありません。肺炎が治癒すれば元通りに暮らせます」という言葉を信じて、切開手術を受け入れた。

一か月後に危篤状態を脱した妻は、大学病院を追い出され、寒々とした個人病院に転院した。そこで私は知らされた。老人の場合、誤嚥性肺炎が完治することはない、ということを。つまり老人の気管切開は、まぎれもない延命処置なのである。

誤嚥性肺炎を起こすまで、「あなたが定年になるまで生きていますからね」と言っていた妻は、定年三日後に旅立った。妻は目的を果たしたわけだが、私はそこまで頑張ってもらわなくてもよかった。

言葉も話せない寝たきり状態で、八カ月も過ごさせたことは、慙愧に念に堪えない。

ウィーン時代の失策

五つ目の（ささやかな）後悔は、一九七五年にウィーンに単身赴任していた時の二つの失策である。

当時の私は、「ウィーン国立歌劇場」から五分のところにあるアパートに住んでいた。夜は何もやる気になれないので、週に二〜三回歌劇場に足を運んだ。そこではモーツァルト、ヴェルディ、プッチーニなどの人気オペラが、日替わりで上演されていた。しかも現在と違って、二階正面席でも四〇〇〇円程度、四階の舞台袖なら五〇〇円以下で見ることが出来た。

また市電に揺られてしばらく行った所にある「国民歌劇場」では、毎晩ヨハン・シュトラウスやエメリッヒ・カールマンのオペレッタが上演されていた。ところが私の滞在中、オペレッタの最高傑作である『メリー・ウィドウ』は、どちらの劇場でも一度も上演されなかった。

ウィーンを活動の舞台としていたフランツ・レハールの最高傑作が、なぜウィーンで上演されないのか。このとき私は、〝おそらくレハールが、ナチスの協力者だったからではなかろうか。フルトヴェングラーも、ナチスに優遇されたのが祟って、戦後長い間ウィーンの舞台に立てなかったのだ〟と考えていた。

ところが、私のアパートから五〜六分のところにある「ウィーン劇場」では、『メリー・ウィドウ』が頻繁に上演されていたのである。

このことを知ったのは、二度目のウィーン暮らしから戻った五年後である。ある友人が、『メリー・ウィドウ』を見たことがあるというので、どこで見たのかと訊ねたところ、なんと私がウィーンで暮らしていた一九七五年に「ウィーン劇場」で見たという。

『メリー・ウィドウ』が初演されたこの劇場の前には、しばしば『Die Lustige Witwe』という看板がかかっていた。したがって、『快活な未亡人』が上演されていることは知っていたのだが、不覚にもこれが『The Merry Widow』であることに気付かなかったのである。

ヴェルディやプッチーニのオペラは悲劇ばかりなので暗い気持ちになる（イタリア・オペラの八割は悲劇だという）。またワーグナーの楽劇やリヒアルト・シュトラウスなどのドイツ・オペラは、退屈である。

モーツアルトのボーマルシェ三部作や、イタリアものでも、ヴェルディ以前のロッシーニ、ドニゼッティには明るい物が多い。しかし、私がウィーンに滞在したシーズンに、国立歌劇場で上演された喜劇は、『フィガロの結婚』と『セヴィリアの理髪師』だけだった。

一方のオペレッタは陽気で、登場する歌手も（オペラと違って）美男・美女揃いである。国民歌劇場で見たヨハン・シュトラウスの『蝙蝠』や、バーデンの野外劇場で見たカールマンの『チャルダッシュの女王』は、ハプスブルク王朝時代のウィーンを彷彿させる素晴らしい公演だった。

しかしオペレッタの最高傑作は、誰が何と言おうが『メリー・ウィドウ』である。うらぶれた初老のプレイボーイ、ダニロ・ダニロビッチと、かつての恋人で、後に夫の遺産を受け継いで〝メローネン〟(百万長者)になった、ハンナ・グラバリのハッピー・エンド物語は、中・高年男性の胸に響くラブロマンスである。

私は一頃、〝史上最高のハンナ・グラバリ〟と称賛された、エリザベート・シュワルツコップの『メリー・ウィドウ』を、毎日のように聴いていた(今もしばしば聴いている)。

全編すべてが名曲というオペラは、『カルメン』『リゴレット』『椿姫』『オテロ』『ラ・ボエーム』、そして『ドン・ジョヴァンニ』くらいではないだろうか。傑作と言われているオペラにも、(素人から見ると)ところどころに眠くなる歌が混ざっている。

アパートのすぐそばで、『メリー・ウィドウ』が頻繁に上演されていることを知っていたら、おそらく四~五回は見に行っていただろう。そして運が良ければ、最晩年のシュワルツコップの歌声を、生で聞くことが出来たかもしれない。

もしそうなっていたら、「ウィーン楽友協会大ホール」でレナード・バーンスタインとウィーン・フィルによる、マーラーの「一千人の交響曲」の歴史的公演を聴いたことと並ぶ、私の自慢の種になっていたはずだ。

もう一つの失敗は、汽車に一〇時間揺られて訪れた、二泊三日のローマ旅行である。ローマ大学で講演を行い、市内を見物した後、ミラノでシスティナ礼拝堂を見学して、ウィーンに戻る計画だった。

ところが、ローマの安ホテルで食中毒にかかり、コロセウムの外壁を見ただけで、ウィーンに戻る羽目になった。このときは、イタリアならいつでも来ることが出来ると思っていたが、その後四〇年間、一度もイタリアを訪れる機会はなかった。

会食の際に友人たちが、「イタリア旅行ほど楽しいものはなかった」と口をそろえるたびに、私はあの時のことを思い出して、悔しい思いをしている。

三〇年後の二〇〇五年、イタリアのBrescia大学に勤める友人から、〝予算が取れたので、三カ月間客員教授として招待したい〟というメールが届いた。しかし、妻の難病が進行したため、お断りせざるを得なかった。

海外旅行の際には、次の機会があると思わずに、多少体調が悪くても、見るべきものは見ておかなくてはならない、と肝に銘じた次第である。

6　健康対策

一億四〇〇〇万歩の男

〝ゆるゆる〟ウォーキングを始めたのは、一九八二年に筑波大から東工大に移籍して間もないころである。

八年間の筑波生活は、常に車とともにあった。公務員住宅から大学までの約四キロは、自転車通勤には手ごろな距離であるが、大痔主に自転車は禁物である。公共交通機関はないから、通勤手段は自家用車だけである。

したがって、ウィークデーはせいぜい三〇〇〇歩あるけばいい方だった。週末はどうかと言えば、天気がいい日に外出すると、必ずと言っていいほどいやな連中と顔を合わせる。

『工学部ヒラノ助教授の敗戦』（青土社、二〇一三）に書いた通り、創成期の筑波大学には、全国各地から馳せ参じた、ワシがワシがというモンスターがひしめいていた。ヒラノ助教授は、彼らと顔を合わせるのが嫌だったので、車で数キロ先の公園に出かけると、そこにもしばしばモンスターが出没した。

かような次第で、私は運動とは全く無縁な八年を過ごした。〝文化果つるところ〟のストレス解消法はただ一つ、食べることである。運動不足と過食のおかげで、四年目の健康診断で、境界型糖尿病と診断され、「生活習慣を改めなければ、いずれ真正の糖尿病になりますよ」という警告を受けた。

家庭医学事典を調べると、糖尿病の合併症に関する怖い話がたくさん書いてあった。そこで食べる量を減らし、運動不足の解消に努めたが、血糖値は正常に戻らなかった。このまま筑波に住み続けていれば、いずれ間違いなく真正糖尿病になって、様々な健康障害が出ただろう。

移籍先の東工大にも、何頭かのモンスターが住んでいたが、幸いなことに彼らは超多忙なので、キャンパスの外まで追いかけてこなかった。そこで私は、〝毎週七万歩・年四〇〇万歩〟という目標を設定して、ウォーキングに励んだ。

最低でも週七万歩、調子がいい時には八万歩。三五年間に歩いた歩数はざっと一億四〇〇〇万歩、私と同じ深川に住んでいた〝四〇〇〇万歩の男〟こと伊能忠敬の三・五倍である。

徹底的な目標管理を行った結果、これまでの三六年間（約一八〇〇週）で、週七万歩の目標を達成できなかったのは、インフルエンザに罹った時や、海外出張のために歩く時間が取れなかった時を含めて六〇週以下（成功率九七％以上）である。

中野の自宅から霞が関の勤務先まで、毎日往復徒歩で通ったという、某財団法人の天下り理事長に比べれば取るに足りない記録だが、私はこの人と違って、ウォーキングだけでなく仕事もしていました。

早朝ウォーキングの心得

間もなく喜寿を迎える今日まで、私がひとまず健康に過ごしてこられた最大の要因は、一時間に四キロ程度の〝ゆるゆるウォーキング〟だと確信している。それだけではない。今やウォーキングは、私の生きがいの一つになった。

一日でもさぼると怠け癖が付くので、多少風邪気味でも、花粉症が辛くても、そして脚や腰が痛くても、雨の日も風の日も（台風や豪雨の日以外は）毎朝・毎夕歩きに出かける。幸い一日中大雨という日は滅多にないので、くるぶしを捻挫して歩けなかった一週間を除いて、二〇一六年も週七万歩のノルマを達成した。

ウォーキングの日課は、朝五時から一時間強（約六〇〇〇歩）、夕方四時半から小一時間（約四〇〇〇歩）であるが、「墨田トリフォニーホール」と「東京スカイツリー」を結ぶ、車道より歩道の方が広い「タワービュー通り」を歩くたびに、この地を終の棲家に選んでくれた妻に対する感謝の気持ちが湧いてくる。

自宅周辺の大通りにも、凸凹がない広い歩道がついているので、とても歩きやすい（老人は小さな凸凹でも躓いて転倒することがある）。歩道は歩行者用と自転車用が分離されているので、自転車に衝突されるリスクは小さいが、万一衝突されると転倒→大腿骨骨折→寝たきり→認知症の恐れがあるので、用心のために光を反射する物体（リフレクター）を取り付けたナップサックを背負って出かける。

必ず持参するものとしては、転倒防止のためのステッキ、携帯電話、運転経歴証明書（身分証明書）、健康保険証、日本尊厳死協会の会員証、緊急の場合の連絡先とかかりつけの病院名＆輸血データを記したカードなどを収めた財布。

運転経歴証明書は、ウォーキング中に心臓発作を起こして死亡した場合、〝行旅死亡人（行き倒れの正式名称）〟として扱われないため、尊厳死協会の会員証は、延命治療を施されないためである。このほかに、買い物に必要な千円札を二～三枚と、チンピラ＆浮浪者に脅された時のための一万円札が一枚。

妻の位牌に手を合わせた後トイレを済ませ、火元を確認して「ガスは消えています」と発声したあと、ゴミ袋を手にいざ出発。ドアの前で「電気は消しました。かぎは掛けました」と発声する（声を出して確認することがとても大事なのです）。

曜日ごとに決めてあるルートをしばらく歩くと尿意を催す。老犬同様チョロチョロであるが、神経の伝達スピードが遅いうえに、膀胱の収縮力が弱っているので、若者の三倍以上の時間がかかる。

ガキの頃公園のトイレで、なかなか終わらない老人の背中に向かって、「やーい。じじいの長ションベン」と囃し立てた時、こちらを振り向いたじいさんに、「坊主。お前にもそのうち分かる」と怒鳴られた記憶が蘇る。

小はともかく、大を催すと一大事である。老人が和式トイレで用を足すと、一日分のエネルギーを消尽する羽目になる（昔の老人はさぞ大変だったでしょう）から、少しでも怪しいと思ったら自宅に引き返す。

間に合いそうもない時には、コンビニのウォッシュレットを使わせてもらう（年に一〜二回、このようなことを経験する）。タダで使わせてもらうのは申し訳ないので、おむすびや歯ブラシを買って、店員さんにその旨伝えてから用を済ませる。

パリの公衆トイレでは、入り口に待機しているおばさんに、六〇円ほどの料金を払って用を足すのがふつうである。清掃の手間や水道代がかかるのだから、コンビニでも大震災のような非常時以外は有料にしてくれた方が、（不要なものを買う必要がなくなるので）ありがたい。四〜五〇円の使用料を取って、従業員の待遇改善の原資にしてはいかがだろう。

入場無料の公園は荒れるが、有料にすると荒れ方が改善されるという。コンビニにはコマッタ連中（最近切れる老人が増えているらしい）がやってきて、店員が苦労しているということだが、有料にすればそのようなことは減るのではなかろうか。

コンビニについてもう一つ。私は住民税、固定資産税、健康保険料などの公共料金をコンビニで支払っている。その回数は年に約四〇回である。数年前に店員に訊ねたところ、事務処理が面倒であるにもかかわらず、これはコンビニの無料サービスだという（皆さん知っていましたか？）。

支払いのついでに、お客さんが買い物をしてくれるし、やらなければほかの店との競争に負けるので、仕方なく引き受けているとやら。このことを知って以来、私は支払いを行うたびに、一〇〇円程度の商品を購入し、店員さんにお礼の言葉を述べた。

ところが、この原稿を書くにあたってインターネットを検索したところ、この業務に対して委託元から、一件につき三〇円から五〇円の手数料が支払われていることが分かった。かなりの部分は、本部に持っていかれるが、お店の側もなにがしかの収入になるはずだ。

スーパーよりはるかに高い値段で、不要なものを買っていた老人は、このことを知って愕然となった。そもそも、セブン・イレブンやローソンなどの抜け目ない経営者が、一時的にはともかく、定常的な出血サービスなどするはずがないのだ。

話が横道にそれたが、老人が犬も連れずにひょろひょろ歩いていると、徘徊老人と間違われるので、杖を片手にリュックを背負って出かける。リュックは二四時間営業のスーパーで、特売品や前日の残り物を三〇～五〇％引きで購入するためである。
かかりつけの内科医に、「杖に頼ると次は車椅子ですよ」と警告されたにもかかわらず、私は森繁久彌翁の老人に対する教え、「転ぶな、風邪ひくな、不義理しろ」を遵守している（これまでに二度、杖のおかげで転倒事故を免れている）。

ラグビーの後遺症

ある友人が、健康維持のためには、普通のウォーキングよりノルディック・ウォーキングの方が効果的だと言っていたので、登山の際に使うようなストック（一組一万二〇〇〇円也）を購入して、一日一万歩をセカセカと歩くことにした。こうすれば、絶対に徘徊老人と間違われる心配はない。気が付けば、ポケモンGO族に混じって、ノルディック老人があちこちで蠢いていた。

一年ほどしたころ、ストックの柄（ノブ）が当たる右掌の中央部分が痛くなった。そのうち良くなるだろうと思っていたところ、右手の薬指が曲がらなくなった。ゆるゆるウォーキングに回帰しても、一向に良くならない（ノルディック老人に出会う回数が減ったのは、このような副作用が出る人が多いせいかもしれない）。

そうこうするうちに、腕の付け根も痛くなった。「たとえ歩けなくなっても、腕力があれば、言ってでも自力でシャワーを浴びることが出来る」という友人のアドバイスを取り入れて、公園のブランコの支柱につかまって、腕や肩を強化する運動を行っていたせいである。

近所の整形外科で診察を受けたところ、X線写真を前にした医師は、「手や肩の骨に異常はありません。頸骨が湾曲しているのが原因でしょう」という。高校時代にラグビーのフロントローとして、クマのような連中と押し合ったせいに違いない。「どのくらい悪いのでしょうか」と尋ねると、「とても悪い」とおっしゃる。

この後、毎週三回の理学治療を受けた。首を引っ張る、掌や肩を温める、指や肩に電気刺激を与えるなど、一回につき小一時間の治療である。半年ほど通っても、全く良くなる気配がないので、会計係のおばさんを相手にぼやいたところ、「皆さんそうおっしゃいますよ」という驚愕の返事。

つまり週に三回、一回につき往復三五〇〇歩、八〇〇円、二時間以上かけて通ったのに、全く効果がなくても不思議はないというのである。ばかばかしさに呆れた私は、早朝ウォーキングで出会う八五歳のおばあさんとの立ち話で、件の医師は錦糸町・押上界隈で最もダメな整形外科医だということを知った。

右手・右腕の痛みは左手・左腕にも広がって、左の薬指も曲がらなくなった。キーボードを叩くうえで支障はないが、ペットボトルのふたが開けられないし、ボールペンが上手く握れない。このままではいずれ両手が使えなくなる、と悲観していたところ、ある日メールボックスに、〝天使のお知らせ〟が入っていた。

歩いて二〇分ほどのところにある整体院が、六〇歳以上の老人は一〇〇〇円引き（一時間五〇〇〇円）で、筋肉の硬直や背骨のゆがみを矯正してくれるという。

以後三年にわたって、月に二回ずつ全身をこね回してもらったおかげで、鋼板のような筋肉は、揺いてから三日目のお餅程度に柔らかくなった。手や腕の痛みも大幅に改善されたし、丸まった背中も少しばかり平らになった。

次男と同じ年頃の、人柄がいい整体師と仲良くなったおかげで、一時間にわたって楽しい会話を交わすことが出来る。年に一三万円（医療費控除の対象にはならない）の出費はばかにならないが、七七年近く酷使したボディーに月一万円程度のサービスを施しても、罰は当たらないだろう。

体の健康だけでなく、楽しいおしゃべりは頭の健康にも役立っているので、これから先も歩くことが出来る限り、お世話になるつもりである。

サプリメント

東工大に移籍して以来、三五年間愛用しているのは、ビタミンEとビタミンCの錠剤である。

ある会合で、同席した経済学者のK東大教授を相手に、「四〇歳を過ぎるとなかなか疲れが取れない」とぼやいたところ、「疲労回復にはビタミンEが有効です。あちらの方にも効果がありますよ」と教えて下さった。医学事典で調べると、ビタミンEは細胞の酸化防止に効き目があると書いてあった。

K教授は、「アメリカのスーパーでは安く売られているので、出張の際にまとめて購入している」と言っていたので、アメリカ出張の度に一年分まとめ買いして、四〇〇IU錠剤を毎日二錠ずつ服用した。

このせいかどうか分からないが、それ以来疲れの回復が早くなったような気がした（残念ながらあちらの方には、これと言った効果はなかった）。二一世紀に入って、ビタミンEを大量に服用すると副作用がある、という記事が新聞に出たので、それ以後は一日一錠に減らした。

妻の難病が進行したため、二〇〇五年以降アメリカ出張を見合わせた。そこで息子が出張する際に、一年分買ってもらうことにした。かかりつけの内科医は、老人がビタミンEを服用しても特別な効果はないと仰いますが、私はそれでも毎日一錠ずつ服用しています。

7　病気あれこれ

船上のヒラノ教授

整体治療を受けても治らないのは、妻の死後まもなく発症した〝ふわふわ感〟である。歩いていると、航海中の客船に乗っているような感じがするのである。はじめのうちは、年々ひどくなる花粉症のせいかと思っていたが、花粉症の季節が終わってもふわふわ感はなくならなかった。

そこで、新聞広告で見たふわふわ防止の漢方薬を服用してみた。ところが、一カ月に一万円もかかるのに、半年しても全く効き目がない。かかりつけの内科医にぼやいたところ、「そんなものが効くはずないでしょう（おばかですね）」と一蹴された。

「どうしたらいいでしょうか」

「あなたはましな方ですよ。自分の足でここまで来ることが出来るのだから。私は週に一回介護施設を回っているけれど、六〇代でも認知症や寝たきりの人が大勢いますよ」

言われてみればその通りだ。以前入居していた介護施設にも、そういう人が何人もいたし、友人の中には死んでしまった人や、重病で苦しんでいる人もいる。その一方で、毎週のようにゴルフを楽しんでいる人、今年もモンブランに登ったと自慢する人、毎朝一〇〇〇メートル以上泳いでいる人もいる。老人はまさに千差万別である。

脳に異常があるのかもしれない、と心配になった老人は、東大病院の神経内科で検査を受けた。ここを訪れるのは、パーキンソン病や筋萎縮症などの難病のせいで、自力歩行はもとより言葉も話せないような老人ばかりである。

生まれて初めての脳のＭＲＩ検査、下半身のＸ線撮影、神経の伝達機能検査、エトセトラの末に下った診断は、

「現在のところ脳は正常です。体がふらつくのは、腰椎の状態が悪いので、身体のバランスが取れないせいでしょう」

「どうすればいいでしょう」

「手術しなければ治りません。しかし、腰の手術はリスクが多いので、歩けなくなるまでは受けない方がいいでしょう」

腰の状態が悪いのも、首と同様、高校時代のラグビーの後遺症である。若いころ、体を鍛えるつもりでやったスポーツのせいで、歳をとってから後遺症に苦しんでいる友人は何人もいる。

かくして私は、今も杖を突きながら、ひょろひょろとウォーキングに励んでいるという次第

である。ただし歩行速度は日に日に遅くなっている。インターネットには、〝人間の総合的運動能力を表す指標である歩行速度の低下は、「ロコモ症候群」の一つである。放置すると、車椅子のお世話になる日は近い〟という趣旨の記述がある。この脅しは、〝三年以内に六割が死ぬ〟と違って、まやかしではなさそうだ。

私は若いころから、歩行速度は遅い方だった。これはコンパスが小さいせい、すなわち脚が短いせいである。しかし、現役中は東工大の銀杏並木通りを歩いていて、学生に追い越されるようなことはなかったし、中大理工学部前の坂道を、学生諸君に遅れずに登ることが出来た。

また定年退職後間もないころは、〝川のような〟京葉道路の横断歩道を渡っていて、信号が赤に変わりそうになれば、小走りに走ることができた。つまりこのころは、現在ほどのろまではなかったのである。しかし今では、たとえ青信号でも、間もなく点滅しそうなときは、次の青信号まで待つことにしている。

身長一四〇センチの老婆に追い越されるようになったのは、三年前からである。〝これから先どんどん遅くなって、歩けなくなるのではないか〟。そこで記憶をたどると、二〇一三年の三月と六月に大腸憩室で大出血を起こして、それぞれ半月ほど絶対安静（退院後の二週間も自宅蟄居）の生活を送ったことを思い出した。

無重力状態に置かれた宇宙飛行士の踵の骨密度は、一日目から減少し始めるという。老人が脚の骨を折って寝込むと、そのまま寝たきりになるのは、骨や筋肉が退化するからである。歩行速度が遅くなったのは、合計一カ月の絶対安静生活と、その後の数週間ほとんど体を動かさなかったせいなのだ。

先日、古希を過ぎた知り合いの女性が脳梗塞で入院した時、手術の一週間後からリハビリを開始したということだが、大事を取って術後長く養生すると、運動機能が衰えてしまうのだ。

〝ここでまた出血を起こして二週間以上寝込めば、車いす生活が待っているのだろうか？〟。悩める老人に与えられた選択肢は、〝一日一万歩のウォーキングに励み、歩けなくなったら手術を受ける〟ことだけである。

ところが最近ネット上で、〝高齢者にとっては、一日一万歩のウォーキングは身体への負担が大きすぎる〟、という記事が出た。本当かどうかよく分からないが、老化した身体に負荷をかけすぎるのは良くないので、一万歩を八〇〇〇歩に減らし、二〇〇〇歩分のカロリー消費量を、ラジオ体操第一、（川渕三郎氏にならって）爪先立ち一〇〇回、（黒柳徹子さんにならって）スクワット一〇回などで補うことにした（ラジオ体操も、老人にはきつすぎるという説もあるが、これは無視した）。

またロコモ症候群の進行を遅らせるために、（老人にプレッシャーをかけるテレビコマーシャルの中では、比較的信用できそうな）サプリメントの服用を開始した。この件に関する内科医のコメントは、「悪影響はないでしょうが、多分効かないでしょう（おバカですね）」だった。

ウォーキングと同様、パソコンの前に座っている時間も、一日九時間から七時間に減らした。白内障が進んだせいで、早く眼が疲れるようになったためと、〝長時間椅子に座っていると早死にする〟という脅しに屈したためである。

ところがこの脅しも、〝妻と死に別れた老人の六割が三年以内に死ぬ〟と同様、まやかしかもしれない。長時間椅子に座っているから早く死ぬのではなく、健康状態が思わしくない人（早死にする人）は長時間椅子に座っている、というだけの話かもしれない。

それとも、〝長時間座って仕事をする小説家は、立って仕事をする板前さんやトコヤさんより短命だ〟という信頼すべきデータがあるのだろうか。かつてある高名な作家は、「物書きは、緩慢な自殺行為だ」と言っていたが、この人は八〇歳を過ぎてもぴんぴんしていました。

クリニック通い

小学校に入ったばかりのころ、私は腎機能の検査を受けるために、一週間ほど入院生活を送ったことがある。しかし、それ以後は一度も入院したことがなかった。疫痢とジフテリアに罹ったときも、入院には至らなかった。

大学の入学試験に合格した直後に受けた健康診断で、高血圧症（上が一八七、下が一二〇）だと言われビックリ仰天。精密検査の結果は、正常な範囲だった。血圧が高かったのは、美人の看護師さんに腕を触られたせいだったらしい。

現在は高血圧気味（上が一三〇から一四〇、下が七五から八五）なので、毎朝血圧降下剤を服用している。最近の研究結果によれば、上が一四七以下であれば薬は必要ないということだが、これは医療費削減をもくろむ厚労省官僚の作戦かもしれないので、一〇〇％信用することはできない。また血圧が高いと、大腸の血管が破れて出血するリスクが高まるので、毎月一回薬を処方してもらっている。

いつのころからか、薬局で薬をもらうたびに、「薬手帳をお持ちですか」と尋ねられるようになった。「持っていません」と答えると、「ああそうですか」と言って薬を渡してくれた。

ところが、しばらく前に風邪をひいたので、近所の（いつもとは違う）内科医に抗生物質をもらいに行ったところ、「薬手帳を持ってこなければ出せない」と一喝された。

服用している薬はノルバスク（血圧降下剤）、クラリチン（抗アレルギー剤）、ビオフェルミン（整腸剤）、シナール（ビタミンC）の四種類と決まっているから、その名前をよどみなく申告したが、「薬には紛らわしいものが多いので、手帳がなければ出せない」と言ったきり取り合ってくれなかった。

七五歳超の老人は、ぼけている可能性が高いので、信用してもらえなかったわけだが、このとき以来、薬局には必ず薬手帳を持参してシールを貼ってもらうことにした。

現役時代の健康診断で、胆のう萎縮の恐れありと診断されたので、精密検査のために大病院を訪れたところ、混んでいるので四カ月後に来るように指示された。ところが運悪く、突然の海外出張のために行きそこなった。その後も毎年、胆のう萎縮の恐れありと宣告され続けたが放置した（胆のうが小さくても、まだ生きています）。

四〇代半ばに胃のバリウム検査を受けたところ、胃袋が膨張して呼吸が苦しくなった。体中から噴き出す汗を見た看護師さんは、心筋梗塞を起こしたと思ったらしい。慌てて駆け付けた医師が、喉の奥に手を突っ込んで、ゲップを出してくれたおかげで一命をとりとめたが、それ以後はバリウム検査をお断りしている。

バリウムは体外に排出されずに、腸閉塞を起こすケースもあるとやら。放射線被ばくリスクもある。〝そのようなリスクを取っても、検査には大した効果はないそうだから、断るに限る〟。

胃カメラを勧められた時も、（苦しそうなので）断った。直腸癌検査のための、便の潜血検査も（怖いので）断った。結核検査のための胸部X線写真撮影も断った。小学校時代のツベルクリン反応検査で、毎年強陽性と判断された老人がいまさら結核にかかるはずがないのに、放射線を浴びるのは賢明でないと思ったからである。

結局受けたのは、まったくリスクがない身長、体重、メタボ検査、血液検査、内臓の超音波検査、心電図検査の六つだけである。大学に常駐している看護師は、すべての検査を受けるよう説得に努めた。一定割合以上の〝検査拒否職員〟がいると、看護師が保健所から叱られるという。

度重なる説得にもかかわらず、胃癌、直腸癌検診を拒否した理由は、以下のとおりである。私の家系には、癌で死んだ人は、九〇歳まで生きた母方の祖父一人だけである。父の三人の弟妹は、全員一〇〇歳近くまで生きて老衰で死んだ。母の六人の妹のうち五人も、九〇歳まで生きた。

定期健康診断で癌が発見された場合、手術を受けて一命をとりとめたとしても、その後再発や転移を心配しながら暮らす羽目になる（これは大変なストレスだ）。大橋巨泉氏のように、何回も手術を受けた末に死ぬのはお断りである。

専門家の間では評判が悪い、〝がんもどき理論〟で有名な近藤誠医師（元・慶応大講師）は、〝手の打ちようがない末期癌が発見された人は、幸せだと思うべきだ〟と書いているが、これはかなり説得力がある。それまでは普通に暮らしていたわけだし、末期癌患者はホスピスに入居すれば、モルヒネで苦痛を緩和してもらえるからである。

バリウムやX線撮影で心筋梗塞リスクや発癌リスクを増やすより、何もせずに末期癌で死ぬ方がいいのではなかろうか。

最近知ったところでは、このところ結核患者が増えているそうだ。大学教授が結核にかかると、講義の際に飛散する唾液が原因で、学生に感染する可能性があるので、絶対に受けなくてはいけないということだ。知らなかったとは言うものの、看護師さんと学生諸君には申し訳ないことをしてしまった。

大下血

六七年間一度も大病にかからなかった老人は、妻とともに介護施設に入居して半年後のクリスマス・イブに、四回の大下血を起こして呼吸困難に陥った。〝検査を拒否した報いで、大腸癌で死ぬのか⁉〟。

生まれて初めて救急車に乗って東大病院に担ぎ込まれ、一五〇〇CCの輸血を受けたおかげで呼吸困難は収まったが、もう一度出血していたら、ショック死していた可能性があったという。診断の結果は、大腸癌ではなく大腸憩室による出血だった。

大腸憩室とは、老化した腸壁に出来たくぼみ（憩室）が炎症を起こして、付近を通っている血管が切れて出血する病気である。最初の一週間は絶対安静の点滴生活である。なかなか出血が止まらず、あわや大腸の一部を切り取られそうになったが、一週間後に出血が止まり、一五日後にめでたく退院した。

退院する時に主治医（東大の大腸肛門外科教授）は、「大腸憩室は、年寄りなら誰にでもあります。

要するに老化現象です。しかし、どういう時に出血を起こすかはよく分かっていないので、これまで通り普通に暮らせばよろしいでしょう」とおっしゃる。

老化現象なら防ぎようがないので、それまで通りの生活を続けたところ、六年後の二〇一三年の三月と六月に再び大下血を起こして、二・五週間ずつ入院と相成った。退院するときには、怖い顔をした看護師から、飲酒、刺激物の摂取など、一〇箇条の禁止項目を記した書類を渡された。

あまりにも禁止項目が多いので、かかりつけの内科医に相談したところ、インターネット上の（かなり信用できるという）サイトを紹介された。

そこには、ストレスを減らすこと、血圧を低く抑えること、食べ物は刺激物（辛子蓮根など）、脂肪分が多いもの（揚げ物など）、繊維質が多すぎるもの（わかめやきのこ類など）、憩室に詰まりやすいもの（ピーナッツやゴマなど）は摂取を控えた方がいい、と書いてあった（看護師にもらったものとほぼ同じ内容だった）。

下血を起こすまで、世にいう〝まごはやさしい〟食品、すなわち、豆、ゴマ、わかめ、野菜、シイタケ、イモ類の摂取につとめていた老人は、豆、ゴマ、わかめ、シイタケが悪いと知ってショックを受けた。

その後摂生に努めたおかげで、下血は起こさなかったが、独居老人の食生活はますます惨めったらしいものになった。半年後に節制を解除したのは、〝大腸憩室に一番悪いのはストレスである〟という説を重視したためである。

思い返してみれば、大下血は妻の介護、論文や原稿の締め切り、ゲラの校正などで消耗しているところで、辛子レンコンや食べるラー油などの超刺激物を大量摂取したときに起こっている。

食べたいものを食べない、飲みたいお酒も飲まない生活を続けると、ストレスがたまる。現役時代は、ギラギラ・モンスターや困った学生との付き合い、細かいことをごちゃごちゃいう事務局やお役所との折衝など、ストレスがたまることが多かった。しかし、ワインを飲みながらおいしいものを食べ、妻とおしゃべりしていれば、いやなことを忘れた。

〝この際昔に戻って、(超刺激物を除く)好きなものを食べ、適度のお酒を飲んで、ストレスを減らすことにしましょう〟。幸い、ここ四年近く下血は治まっている。しかし、お腹が痛くなるたびに、びくびくしながら生きている。

医師が言うように、いつ下血を起こすか分からないので、三〇分以内に東大病院にかけつけられない場所には、極力出かけないことにしている。また真冬でも、入院に備えて一日おきにシャワーを浴び、その都度インナーも取り換えるよう心掛けている。

独居老人が浴槽に入ると、無視できない溺死リスクが伴うので、いつもシャワーで済ませている。これは健康に悪いそうだが、溺死するよりましである。

歯目魔羅

魔羅はもちろん役立たずだが、幸いなことに歯はまだ二四本残っている。しかし、いつ抜けてもおかしくない歯が三本あるから、「八〇＝二〇の条件（八〇歳で自分の歯が二〇本以上残っているという意味）」をクリアすることが出来るかどうか、甚だ怪しい。また時々外れるブリッジを、特製の接着剤でごまかしているが、「ごまかしきれなくなった時は（恐怖の）インプラントですよ」と宣告されている。

一〇年ほど前に、古い虫歯が痛くなったので、当時入居していた介護施設に近い歯科医院を訪れたところ、インプラントを勧められた。「いくらかかりますか」と尋ねると、「一本目が六〇万円、二本目以下は特別サービスで五〇万円、五本で二六〇万円です」と言われてびっくり仰天。金額もさることながら、インプラントにはリスクが伴うと言われていた時代である。

そこで、介護施設に入居する前にお世話になっていた墨田区の歯科医に、セカンド・オピニオンを求めたところ、「まだ大丈夫です」と言われたので見送った。しかし、これから先三〜四年のために大金を払うくらいなら、一〇年前にやっておけばよかったと悔やんでいる。歯が無くなると、認知症が急進行ケースもあるということなので悩ましい（ブリッジが八〇歳まで持ってくれることを願っています）。

頭痛の種は、月一回の眼科検診（白内障と緑内障）である。歯科医は家から五分以内のところに五つ六つあるので、すぐに予約が取れる。ところが眼科医は、半径一キロの範囲に二つしかない上に、予約制ではないのでいつも大混雑している。

「緑内障は軽度なので、失明することはないでしょう」というお見立てに一安心したが、先方は私がいくつまで生きると見ているのか不明である。

白内障も、二年前には軽度だと言われた。ところが、医師の指示通り一日四回（そのうち一回は深夜二時）目薬を差し続けたにもかかわらず、目が見えにくくなったので、医師に尋ねると、「症状が悪化したが、まだ手術を受けるほどではありません」とのご託宣。

インプラントと同じで、どうせやるなら早い方がいいかもしれないと思いつつ決断できない。これまで一度も手術を受けたことがない老人は、〝目にメスを入れられるより、見えにくい方が今のところはよさそうだ。それとも今のうちにやるべきか〟と、心は千々に乱れている。

この眼科医では、診察開始時間（一〇時半）の一時間前に、番号札の配布を始める。しかし、一〇時前に行っても一〇人くらいの待ち行列ができている。一〇時半に受け付けてもらった場合、診察が終わるのは一時過ぎである。一一時に受け付けてもらうと、二時までかかる。一一時半に受け付けてもらうと……。

では何時に家を出ると、待ち時間が最も短くて済むか。私は二年にわたってデータを集めたが、役に立つ結論を引き出すことはできなかった。なぜなら、待っている患者の数は、天候、曜日、季節、電車の運行状態などの影響で、大きく変動するからである。毎日通院すれば、一～二カ月で十分なデータが集まったかもしれないが、月に一回だと実態を把握するのは難しい。時間に余裕がある無職老人はともかく、現役のビジネスマンにとって、三時間近く待たされるのは耐え難いことである。そのせいか、患者の八割近くは中・高年女性である。

たとえスタンフォード大学病院でトレーニングを受けた名医といえども、開業医は患者相手のビジネスである。ビジネスなら、客の待ち時間を減らす対策を講じるべきだ。適切なコンサルタントに相談すれば、たちどころに一ダースの改善案を提示してくれるだろう。

私は、いつの日か名医にこのことを進言したいと思っているが、学生が指導教授に意見しにくいように、患者が名医に進言するためには、一大決心が必要である。

このクリニックに比べると、東大病院の予約・会計システムはきわめて効率的である。予約を取るまでに二カ月以上待たされるが、診察当日の受付は二～三分で済む。時間通りに診察が始まり、終わった後の支払いも二〇分ほどで済む。待ち時間は高々三〇分である。

認知症対策

次に、本人の尊厳を打ち砕き、家族の人生を破壊する認知症対策について書くことにしよう。二年ほど前に公開された『アリスのままで』は、コロンビア大学の女性言語学教授が、若年性アルツハイマー病にかかる映画だったが、病気の実態を知る者にとっては、リアリティーに欠ける内容だった（リアルに描かれていれば、途中で席を立っていたかもしれないが）。

介護施設で暮らしていた時、私は大勢の認知症老人（その多くはアルツハイマー型）と知り合いになった（七〇歳以上の入居者の大半は認知症だった）。そして知った。認知症は〝最も望ましくない二人称の死〟に直結する病気であること、そして性格がいい認知症老人は、介護士や家族に丁重に扱われるが、性格が悪い（特に暴力性がある）老人は嫌われるということを。

いつもニコニコしている元・雑誌編集長は、毎週のように訪れる娘や孫たちと、楽しそうに遊んでいたし、介護士の丁寧な介護を受けていた。一方、いつも機嫌が悪い元・東京都庁幹部には、訪れる家族はいなかった。また十分な食事介助をしてもらえなかったため、どんどんやせ細り、介護士の手を振り払おうとしたときに転倒して脚の骨を折ったあと、一カ月もしないうちに死んでしまった。

しかし、老人は誰もが死と隣り合わせである。人柄がいい元編集長も、二年後に風邪をこじらせて肺炎になり、あっという間に死んでしまった。

私は今村昌平監督の映画『楢山節考』を見て以来、造物主が人間を死の恐怖から救うために発明した病気、それが認知症だと思っている。

七〇歳の誕生日を迎えた老母を、息子が姥捨て山に運んで置き去りにする。老婆は間もなく寒さと空腹で死ぬ。そのあとは、カラスやハゲタカがきれいに肉を食べて、骨だけが残る。

息子にとっては辛いお務めだが、村の掟だから拒否することはできない（姥捨て山はあっても、爺捨て山がないのは、男は家族に迷惑をかける前に死ぬからだろうか）。食糧が乏しい時代だから、役立たずの老婆を捨てなければ、村全体の存続が脅かされる。老婆はその日が来るのを恐れているはずだ。しかし、物事の判断がつかないくらいぼけていたら、死の恐怖を経験しないで済む。

認知症予防のために、私は毎日七時間以上〝工学部の語り部〟作業に励んでいる。この仕事には、（若干の）独創性、分析力、編集力、そして虚言力が必要だから、脳の活性化に役立つはずだ。

人間は六〇歳を過ぎると、急激に独創性が衰え、七〇歳でゼロになるという。しかし、事実に基づくノンフィクションの場合は、わずかばかりの独創性が残っていればどうにかなる。一方の分析力は、七〇歳を過ぎた後も成長を続けると言われている。哲学者や法学者の中に生涯現役という人が多いのは、このためだろう（ある東大法学部教授から聞いたところによれば、還暦前の法学者は一人前とは見られないそうだ）。

編集力とは、多くの事実を一つのストーリーにまとめ上げる力。そして虚言力とは、若干の粉飾を施すことによって、文章を面白くする力である。これらの能力も年齢とともに衰えるが、現在のところまだ大丈夫そうだ。

私はこれらの力を総合して、二一冊分の原稿を書いてきたわけだが、この作業は認知症防止に役に立っているはずだ。文筆家という人種が総じて長生きであることが、その証拠である。たとえば、外山滋比古氏、瀬戸内寂聴女史、佐藤愛子女史などは、九〇歳を超えても面白い文章を書いている。

キーボードを叩くために指を使うことも、認知症防止に役立つはずだ。実際指をよく使うピアニストやヴァイオリニストは、死ぬまで現役という人が多い。

もう一つの認知症予防策は、なるべく多くの人と言葉を交わすことである。独居老人はともすると週に二日くらい、一日中誰とも言葉を交わさないことがある。このような日には、息子や友人にメールを書く。この作業は、会話と同じ効果があるというのが、私の持論である。

またウォーキング兼買い物に出かけるときは、なるべく多くのウォーキング老人や、スーパーの店員と話しをするよう心掛けている。眼科の待ち時間や整体の時も、会話を楽しむことにしている（相手は迷惑しているかもしれない）。認知症防止効果を考えれば、整体治療は割引料金ではなく、割増料金を取られてもおかしくない。

三つ目の対策は、栄養バランスを考えた食事を心がけ、十分な睡眠をとることである。別のところにも書いたが、私は『天才柳沢教授の生活』という漫画に登場する柳沢良則教授にあやかって、どのようなことがあっても、九時までにはベッドに入ることにしている。くたびれた時（老人はくたびれやすい生き物です）は、八時前に寝ることもある。

だから、夜七時以降に始まる会合はすべてパスする。六時開始の場合は出席して、八時には退席する。相手にはこちらの生活習慣を知らせてあるので、ほとんどの会食は、昼もしくは夕方のあまりおそくない時間帯に設定される。

九時に寝ると三時前に目が覚める。このあとは、NHKの『ラジオ深夜便』の「にっぽんの歌・こころの歌」を聞きながら、一時間ほどうつらうつらする。一四人のアンカー（シニアもしくは元アナウンサー）が隔週一回ずつ担当するこの番組には、二〇〇万人の愛聴者（すべて老人）がいるということだが、どのアンカーもNHK選りすぐりの美声と教養の持ち主で、人柄とセンスの良さがにじみ出ている（中には、かつてテレビでおなじみだった美人アナウンサーもいる）。

四時にベッドを出て、タンクを空にした後、タニタの体重計（体重だけでなく、体脂肪率や骨密度なども測定してくれる）に乗って一喜一憂したあと、文化放送の『走れ歌謡曲』を聴きながら、朝食の準備。この番組はトラック運転手と高齢者を中心に多くのファンがいるようだが、若いお姉さまたちの元気いっぱいのおしゃべりが楽しい。

これらの番組を聴いていてつくづく思うことは、われわれの世代は親の世代に比べて、音楽や映画などに関して、極めて恵まれているということである。音楽について言えば、ビートルズ以後の日本の歌謡曲、Ｊ－ポップは、洋楽と遜色がなくなった。むしろ言葉がよく分からない洋楽より、日本の優れた作詞家・作曲家による歌の方が心地いい。

七〇代に入った母は、「面白くないけど、ほかにすることが無い」とぼやきながら、起きているときはいつも七チャンネルしかないテレビを見ていた。ところが今では、ケーブルテレビに加入すれば、映画、ドラマ、スポーツ番組、海外ニュースなどが見放題である。親の時代には、ハワード・ヒューズのような大富豪でもできなかったことである。

朝食をとりながら血圧を測って再び一喜一憂し、五時ちょうどにセコムの「行ってらっしゃい」コールに送り出されて、ウォーキング兼買い物に出かける。二〇一六年の一年間を通じて、このルールを破ったのは、足首を捻挫して歩けなかった四日と、息子の家に泊まった四日だけである。規則正しい生活をしているおかげで、アル中やうつ病が入り込むすきはない。

このような生活を続けているのは、一度規則を破ったら最後、怠け癖が付くのが怖いからである。規則を守ることができるのは、子ども時代の母の叱責と、三七年にわたって、工学部という規律を重んずる組織に勤めたおかげである。

しかし、いかに予防対策を講じても、病気になるときはなる。たとえば、オプションという金融商品に関する「ブラック＝ショールズ公式」で有名なフィッシャー・ブラック教授（ＭＩＴ）は、一〇〇歳まで生きて人生をエンジョイすべく、徹底的に塩分を控えていた。

ところが、喉頭癌に罹って五五歳という若さで死んでしまった。塩分の摂取量が少なすぎたために癌になった、という説もある。もう一年長く生きていれば、間違いなくノーベル賞を受賞していただけに、お気の毒なことになったものである。

8　自殺計画

安楽死

オランダ、スイス、ベルギーなど西欧諸国では、一定の条件を満たせば安楽死を選択することができる。たとえば、世界で初めて安楽死法が制定されたスイスでは、

1　治療困難な病気の末期的状態にある場合。
2　病気や障害により、普通に生活するうえで著しい不具合がある場合。
3　病気などによって、常日頃から耐え難い苦痛を味わっている場合。

には、本人の意志が固いことを確認したうえで、薬物による安楽死が認められている（病気には精神病も含まれる）。

私の妻は、介護施設に入居するしばらく前から、条件1と2を満たしていた。また入居直前には、条件3も満たしていた。どれか一つの条件を満たせば、安楽死が認められる国がある一

方で、すべてを満たしていても、モルヒネの使用すら認められない日本という国は、世界の標準から外れている。

さて私の場合、自殺する理由は、

・病気が治癒する見込みはあるが、手術を受けるのはごめんだ。
・娘が死んだあとは、生きている意味がない。
・何もすることがない。

というあたりである。しかも意志が固いわけではないから、たとえスイス国籍を持っていても、安楽死は認めてもらえない。

妻が心室頻拍を発症して間もないころ、私はマルタン・モネスティエの『図説自殺全書』(原書房、一九九七)という本を購入した。妻が心臓発作で急死した場合、一人で生きていく自信がなかったので、いざという時のために勉強しておこうと思ったのである。

この本には、首吊り、溺死、切断、服毒、窒息、火器、飛び降り、焼身、轢死、凍死、動物を使った自殺、地獄の道具を使った自殺、人を介する自殺など、ありとあらゆる自殺方法が、写真入りで紹介されている。買ったときは怖すぎて読めなかったが、今であれば〝実用書〟として読むことが出来そうである。

三回の自殺計画

これまで七六年半の間に、私は三回自殺を考えたことがある。一回目は、幼稚園児だった時に非常用の乾パンを盗み食いして、母に厳しく折檻された時。二回目は、三〇代初めにウィスコンシン大学の客員助教授を務めていた時。そして三回目は、還暦を迎えて間もなく、妻の難病が悪化した時である。

一回目の時は、どうやって首を吊ればいいのか分からなかったし、〝お腹がすいたまま死んだら三途の川で溺れ死ぬ〟と思ったので、首吊りを見合わせた。つまり、このころの私は、死というものは、どこか遠いところに出かけて、いずれ帰ってくることが出来るものだと考えていたのである。

二回目は、対人関係と業績不振に悩んでいたところに、やっとの思いで書き上げた論文を、クール・ヘッドでコールド・ハートの中国人教授に、「このような論文は書かない方がいい」と酷評されたダメージが重なった時である。

自殺の方法は、寒冷警報が出る零下三〇度の夜に車で郊外に出かけ、路肩に駐車してエンジン・プラグを外し、ウィスキーをあおって大量の睡眠薬を飲むことである。零下三〇度の中で眠ってしまえば、翌朝確実に凍死体が出来上がる。

凍死の場合は死体に損傷がないから、家族が受けるショックは中くらいだろう。妻はなぜ夫がブリザードの中を郊外に出かけたのかを不審に思うだろうが、（携帯電話がない時代だから）不測の事故であって、自殺したとは思わない。

私はひたすら、零下三〇度の寒波が襲来するのを待った。しかし、この年は例年にない暖冬で、零下二五度を下回る日は訪れなかった。そうこうするうちに、妻や子供たちを路頭に迷わせることはできないという思いが強くなり、自殺願望は消えた。

三回目は、妻の難病が進行して、要介護度三と判定されたときである。苦しんでいる妻を見ているのが辛いので、無理心中を考えた。心中の場所は八ヶ岳山麓の別荘である。

大量の睡眠薬を入れたビーフ・シチューを妻に食べさせたあと、自分も睡眠薬を飲んで、石油ストーブ付近に燃え易い衣類を並べる。眠っているうちに衣類に火がついて焼死する、という計画である。

隣の別荘までは、数十メートルの距離があるから、延焼の心配はない。（二〇年以上前の）田舎の警察のことだから、事故による焼死と判定してくれるだろう。

事業不振のため、一億円の負債を抱えた大学時代の先輩O氏は、老母を道連れにして焼身自殺した。この事件は新聞で大きく報道された。その上、死後書類送検されたため、親しかった友人は大ショックを受けた。

一方、睡眠薬・焼死事件の場合は、無理心中を疑われても、その時二人は骨になっているから、殺人を立証するのは難しい。したがって、私が殺人犯の汚名を着せられることはないから、子供たちや友人が受けるショックも中くらいだろう。これは、〝望ましい二人称の死〟の条件を満たしている。

ところが計画の実行をためらっているうちに、妻の病状が悪化して、車の助手席に座っていられる時間が三〇分程度になってしまった。道路がすいていても、別荘までは二時間以上かかる。マンションで火災を起こせば、近隣の人に迷惑がかかる。この結果、無理心中計画はご破算になった。

人間は一つだけの理由では自殺しないという。底流に大きな悩みがあって、そこに二つ目、三つ目が加わった時が危ないのである。

こう考えると、一度目はただの思い付きだったが、二度目は本格的な危機だった。また後年、筑波大時代の心労の後遺症で心身症を発症し、列車から飛び降りたいという衝動に駆られたこともあった。しかし、それを後押しする事件が起こらなかったため、自殺しないで済んだ。

この時は、〝できることなら生きていたい〟という思いが、自殺を思いとどまらせたのではないだろうか。三回目は、かなり綿密な計画を立てたが、実行するチャンスがないまま介護施設に入居した。

今後不治の病にかかって、苦痛を伴う死が訪れることが分かった場合や、娘が先に死んで、生きている理由がなくなった場合、独居寡夫は再び本気で自殺を考えるだろう。

自殺統計

自殺願望があったといわれる夏目漱石は、『吾輩は猫である』の中で苦沙弥先生に、〝これから先自殺者が増え、一〇〇〇年後にはすべての人が自殺するだろう〟と言わせている。この予言は当たりそうもないが、二〇世紀末以来自殺者が急増し、二〇〇三年には三万五〇〇〇人を超えた。その後は減少傾向にあるが、それでも二〇一五年には、二万五〇〇〇人が自殺している（二〇一六年には、二万人まで減ったそうだ）。

自殺の原因は、健康問題が四九％、経済問題が一七％、家庭問題が一五％、男女関係が六％、その他が一三％となっている。年齢別では、四〇代、五〇代、六〇代がそれぞれ約三〇〇〇人で、七〇代は二〇〇〇人程度である。

そこで『図説自殺全書』をひろげる前に、インターネットで「自殺、有名人、原因」を検索してみた。すると、明治初期から昨年までの自殺者と年齢、自殺の方法、原因の一覧表が出てきた。

二〇〇〇年以降について言えば、六〇歳未満の人がほとんどで、七〇代は一〇人以下である。自殺方法はどの世代でも首吊りが多い。七〇代の場合は、首吊りが四人、飛び降りが二人、入水が二人、窒息が一人となっている。

それでは、現在のところ健康問題、経済問題、家庭問題がない私が自殺する理由は何だろうか。それは多分、この原稿を書き上げた後、何もやることがない〝空白の時間〟が底流になり、そこにもう一つの原因、例えば回復不能な重病にかかっていることが分かった時だろう。ではそのとき、どのような方法を選ぶべきか。

『図説自殺全書』に取り上げられている一三種類の自殺方法の中で、苦しいもの、例えば切断、窒息、火器、地獄の道具を使うものは、真っ先に候補から外れる。轢死は遺体の痛みが激しいうえに、親族が鉄道会社から莫大な補償金を要求されるからノーである。

人を介する自殺は、手伝ってくれる人（家族や友人）が自殺ほう助罪に問われるから、〝望ましくない二人称の死〟である。高所恐怖症なので、飛び降り自殺は実行できそうもない。

残るのは、幼稚園時代に考えた首吊り、小学生の時に危機一髪で助かった溺死、ウィスコンシン時代に本気で考えた凍死、妻の難病が進行したときに考えた焼死、それに服毒の五つである。

首吊りは、古来最もポピュラーな自殺方法である。しかし、有島武郎の首吊り死体に関する文章を読んだ影響で、私は首吊りはごめんだった。『図説自殺全書』に掲載されている写真を見た時は、もっと楽な死に方があるだろうと思った。

写真だけでもおぞましいのに、最近は『チェンジリング』などの映画で、絞首刑シーンが克明に描かれるようになった。活劇や犯罪映画で人がバタバタ死んでも深刻に考えないが、衆人環視の中で絞首刑を執行するシーンには、目をそむけた。執行後に足の先が小刻みに動くシーンを見てから、私はたとえ二、三分でこと切れるとしても、あのような死に方は絶対にノーだと思った。

残された家族も、一回や二回は首吊りシーンを見たことがあるはずだから、それを思い出してショックを受けるだろう。養老孟司先生は、自分が死んだ後のことを考える必要はないと仰いますが、残された人に大きなショックを与えるような死に方は避けた方がいい。

思うに、首吊りや轢死のような無残な方法を選ぶのは、病気やスキャンダルで精神的に追い詰められて、衝動的に自殺する場合ではなかろうか。ここ一〇年間の有名人の縊死事件の大半はこのケースであるが、少し考えれば、より楽な死に方があることが分かるのだから。また首吊りには一定の体力が必要だから、老人向きとは言えない。

小学生時代に、家の近所を流れる川の砂利採取跡の深みにはまって溺れかけ、釣りに来ていたおじさんに助けられた時の苦しさは忘れられない（この結果、溺死も候補から外れた）。かつて真剣に考えた焼死も、黒焦げ死体を見た家族の痛手は長く残るから、避けた方がいい。

アメリカでは、絞首刑より苦痛が少ないという理由で、死刑に薬物注入を採用している州がある。しかし、親しい医師がいればともかく、適切な毒物の入手はそれほど簡単ではない。残念ながら、私の友人の中に医師は一人もいない。

最後に残るのは、凍死と睡眠薬自殺である。

凍死の場合は、零下二〇度以下になる場所に出かけていく必要がある。真冬の八ヶ岳の別荘はこの条件を満たしている。しかし、発見が遅れて腐乱死体になったら最悪である。

最後は睡眠薬自殺である。かかりつけの内科医に、よく眠れないので睡眠薬がほしいと言えば、何かを処方してくれる。次の月に行ったときに、まだよく眠れないので、もう少し強いものがほしいと言えば、少し強い薬を処方してくれるだろう。このとき、どのくらい飲むと危ないかを聞いておく。何か月かすれば、致死量を超える量がたまる。

十分な量をストックしておけば、いつなんどきでも、また歩けなくなっても、苦しまずに死ぬことが出来るわけだ。

先に紹介した『アリスのままで』で、若年性アルツハイマー病にかかったコロンビア大学の女性教授は、判断力があるうちに、ある条件が満たされたところで致死量の睡眠薬を飲むよう手を打っておいたが、思いがけない来客があったために、目的を達成することができなかった。

私は〝ある条件〟が満たされたところで、とっておきのヘネシーXOの封を切り、睡眠薬を肴にボトルを半分くらいあけ、暖かいベッドにもぐりこんで、二四時間後に新鮮な死体をセコムに発見してもらうつもりである。独居老人は来客に邪魔される心配はないので、致死量を誤らない限り確実に死ぬことができるはずだ。

いつでも楽に死ねることが分かったので、元気を取り戻した老人は、とりあえず日本人男性の平均寿命である満八〇歳まで生きることにきめた（夏目漱石が自殺しなかったのも、あれこれ考えた末に、いつでも楽に死ぬことができる方法を思いついたからではなかろうか）。

こんなことであれば、高いお金を払って『図説自殺全書』を買う必要はなかった。かような次第で、この恐ろしい本は廃棄処分されることになった。

9　遺言書

工学部元教授の懐事情

世間では、他人の懐事情を詮索するのははしたないことだ、と考えられているせいで、親しい友人の間でも、会食の際にこの種の話題が出ることはない。しかし、断片的情報から推測する限りでは、私は平均的な元エンジニアに比べて恵まれているようだ。リッチとは言えないが、月額五〇〇〇円のセコムの支払いに困るほどプアでもない。

そこで、私の資産状態について具体的に説明することにしよう（生々しい数字を公開する元工学部教授は、暴露屋として名高い私だけだろう）。

四〇年以上勤勉に働き続けたおかげで、中大を退職した時の私は、約三〇〇〇万円の銀行預金と約三〇〇〇万円の有価証券を持っていた。有価証券の八割は、米ドル建て債券と豪ドル建て債券である。株式の割合が少ないのは、私に代わって「ＰＧＩＦ（年金資金管理運用機構）」が巨額な年金資金を、ハイリスク・ハイリターンの株式につぎ込んでいるからである。

海外資産の割合が多いのは、アベノミクス政策が導入されて以来、日本円を信用できなくなったためである。大半の日本人は、また海外の投資家も、円資産は米ドルに比べて安全だと思っているようだが、国債残高がこれまでのように増え続けると、どこかで（例えば国債残高が、国民の金融資産総額に近づいたところで）円の暴落が起こっても不思議ではない。

一九九二年にソ連が崩壊した時、年率二五〇〇％のインフレとともに、ルーブルの価値が四分の一まで下がったことを、七七歳の老人ははっきり記憶している。海外資産には為替リスクが伴うから、資産額が二〇％くらい増減する可能性がある。しかし私は、長期的な円下落リスクはそれ以上に大きいと思っている。

大学卒業と同時に結婚した私は、四〇代に入るまでは、三人の子供を抱えてギリギリの生活を送った。おかげでゴルフのようなお金がかかる趣味や、競輪・競馬などのギャンブルには手を出さなかった（出せなかった）。また若いころは、パチンコで景品稼ぎをしたこともあったが、大学に勤めるようになってからは、そのようなことをやっている時間はなくなった。

妻が心室頻拍を発症した五〇代初め以降は、副収入のほとんどすべてを貯蓄に回した。幸い上の二人の子供はすでに独立していたので、生活費と住宅ローンの返済は給料だけで足りた。

先に記した六〇〇〇万円の外に、妻名義の貯金が一〇〇〇万円ほどあった。これは障害年金（月一〇万円程度）と、私がボーナス時に渡していたお金が積み上がったものである。

妻は病状が悪化した時に備えて、ほとんどすべての収入を貯金していた。ここから支払ったのは、高島屋から取り寄せる魚沼産のコシヒカリ、通信販売で購入するワコールのインナー類、次男のためにストックしておく中村屋のレトルト・カレー、それにニコリのパズルくらいだった。

妻の貯金を加えると、私の金融資産は七〇〇〇万円だった（これだけの金融資産を持っている人は、国民の上位一〇％に入る準富裕層だそうだ）。

このほかの資産としては、墨田区太平にあるマンション。購入金額は四六〇〇万円であるが、すでに二〇年以上経過しているから、時価は二五〇〇万円程度だと思われる。ここから住宅ローンの残金一三〇〇万円を差し引くと、正味価値は高々一二〇〇万円である。

山梨県北杜市の別荘は、築二五年の建物価値はゼロ、土地の相場は坪四万円程度だから、四〇〇坪でざっと一六〇〇万円（最近は別荘に対するニーズが減っているので、不動産業者に半額程度で買い叩かれるかもしれない）。

動産と不動産を合わせると、総資産は一億円程度である。東工大に移籍した四一歳の時の正味資産が一〇〇〇万に届かなかったことからすれば、「よく頑張ったね」と自分をほめてあげたい気分である。

工学部元教授の中にはこの数字を見て、〝これほど多くの資産を持っているのは、怪しげなことに手を出したからではないか〞と思う人がいるかもしれない。

〝金融工学の旗手〟と呼ばれた私には、金融経済学の旗手ほどではなかったが、様々な誘惑の手が伸びてきた。しかし子供時代に母から、〝清く貧しく美しく生きよ〟という教えを叩き込まれたおかげで、怪しい誘いには乗らなかった（乗っていれば、資産はもう一億円くらい多かったかもしれない）。

五〇代に入ってから資産が増えた理由は、二人の子供たちが成人して教育費がかからなくなったこと、原稿や講演依頼が増えたこと、管理職に就いたために給与が増えたこと、そして六〇歳で東工大を定年退職した後、一〇年にわたって中大から東工大時代以上の給料を貰ったことである。

七〇歳定年の東京芸大を除くと、東工大を含む国立大学のほとんどすべてが、現在では六五歳定年制を採用している。定年後に再就職しなければ、その日から年金暮らしである（六〇歳までならともかく、六五歳を過ぎた工学部元教授の再就職先は限られている）。

一方七〇歳定年の私立大学に勤めた私は、六〇歳から七〇歳までの一〇年間、年に一〇〇〇万円プラスアルファの給与と、一年分の給与に相当する退職金をもらった。もしこれがなければ、私の資産は（年金支給を停止されていた分を考慮すると）、現在より四～五〇〇〇万円少なかっただろう。また年金も四～五〇万円少なかったはずだ。

六〇歳もしくは六五歳で定年退職する人と、七〇歳まで勤める人との間には、老後の生活に大きな違いが出るのである。
私の資産の源泉を具体的に記せば、以下のとおりである（いずれも税引前の数字）。

1　退職金。東工大から約三三〇〇万円（二年間研究科長を務めたおかげで、ヒラ教授より四〇〇万ほど多い）。中大から約一〇〇〇万円。
2　母の遺産（土地の借地権と現金）。約一〇〇〇万円。
3　本の印税。三五冊で約二五〇〇万円。
4　講演謝金、原稿料などの雑収入。約二〇〇〇万円。
5　（金融工学手法を用いた）分散投資による収益。約一〇〇〇万円。

以上の合計は約一億一〇〇〇万円である。先に書いたように、私は老後に備えてこの七割近くを貯蓄していたのである。なお給料のすべては生活費、子どもたちの学費、住宅ローンの返済、妻の介護費用に充当された。

ノーベル賞を受賞したN教授や、売れっ子・脳科学者のM博士と違って、私は意図的な脱税は一度もやったことがない。三〇年ほど前に、約一〇万円の印税を（支払調書を紛失したために）申告しなかった時、税務署から呼び出されて、きつく絞られたことに懲りたからである。

かつて大蔵省に勤めていた友人によれば、一九九〇年代半ばに国税庁にスーパー・コンピュータが納入されて以来、申告漏れはまず間違いなく摘発されるということだ。

ファミリー会社設立などの節税対策を勧められたこともある。しかし、忙しくてそのような面倒なことをやる時間はなかったし、節税コストに見合うほどの副収入はなかった（私より一桁以上副収入が多い友人は、会社を作って節税に努めていた）。

『理系白書』の衝撃

中学・高校時代の友人の中には、私の一〇倍以上の資産を持つと推定される人が少なくない。その大半は法学部・経済学部に進んで、金融機関や商社の重役、政府高官などになった人と、親から巨額の資産を受け継いだ人である。彼らは私の資産額を知れば、〝そんなに少ないのか〟と思うだろう。

理工系大学出身者の中にも、資産家がいないことはない。しかし、特許使用料収入など自力で稼ぎ出した資産というより、本人もしくは配偶者が親から受け継いだケースがほとんどである。工学部教授や製造業に勤務したエンジニアの生涯所得は、文系大学を出て金融機関や商社に勤めた人よりずっと少ないのである。

『理系白書』（毎日新聞出版社、二〇〇五）という本には、〝（東大の）理工系学部出身者の生涯所得は、平均的に見て、文系学部出身者に比べて五二〇〇万円少ない〟という、西村肇名誉教授（東大工学部）の調査結果が紹介されている。

これに対して西村和彦教授（京大経済学部）は、日経新聞などで、〝理系と文系の生涯所得の間に目立った違いはない〟という調査結果を報告している。調査対象に違いがあるので、どちらが正しいか判定するのは難しいが、私の感覚では、東大の西村名誉教授の言い分の方が説得力を持っている。

なぜなら、東大経済学部を出てメーカーに勤め、六三歳で退職した友人は、「銀行や保険会社に勤めた人と比べて、自分の年金があまりにも少ないことにショックを受けた」と言っているし、私の年金も法学部を出て銀行に勤めた兄の六割程度だからである。

もう一つ見逃せないことは、日本の大企業には、理工系出身の経営者が少ないことである。大企業勤めの場合、役員になった人は、毎年一〇〇〇万円単位の役員報酬を手にする。したがって五年役員を務めれば、一億円近い追加収入が得られる。一部上場企業の取締役なら、年五〇〇〇万円の役員報酬は当たり前のご時世である。

東工大で流布されていた情報によれば、東工大出身者はヒラ取締役にはなっても、常務、専務になる人は少ないということだ。この件に関して私は、東工大出身者はお金の問題に疎いからだと考えている。

東工大生は技術には強くても、お金に関する知識はゼロの状態で企業に就職する。平社員の間はともかく、部長になれば原価計算や内部収益率など、お金に関する知識が不可欠になる。また役員会での議論の多くは、お金周りの話である。財務諸表が読めない人に、常務以上の役職は務まらない。

柔軟な頭脳の持ち主であれば、会計学や財務諸表をマスターするのは難しくない。しかし、工学部出身者が、若いころからお金周りのことを手掛けてきた、（弁が立つ）経済学部・商学部出身者と太刀打ちするのは容易ではない。

工学部の応用物理学科で同期だった人の半数は大学教授になった。しかし、学長にでもならない限り、給料は製造業のエンジニアとさほど変わらない。また、企業に就職した人の中で、役員になったのは一人だけである。

したがって、親から資産を受け継がなかった人たち、そして夫婦共働きでなかった人たちは、現役時代の蓄積、退職金、年金だけが頼りのつつましい生活を送っている。私は彼らに比べれば恵まれているわけだ。資産はこれから減る一方だが、仮に一〇年生きたとしても、子供たちに迷惑をかけずに済むはずだ。

相続対策

お金に関する厄介な問題は、購入時（一九九五年）に「住宅金融公庫（現在の住宅金融支援機構、ＪＨＦ）」から固定金利三・一％で借り入れた、一五〇〇万円の住宅ローンの残金一三〇〇万円である。借金を残して死ぬと、相続の際に子供たちが苦労する。

銀行から変動金利（当初利率は二・五％）で借りた二五〇〇万円は、金利水準が少し上昇したところで、これから先も上がり続けると予想して、全額返済した。一方ＪＨＦからはずっと借り続けた。三五年ローンなので、一二年後も元本が一三〇〇万円ほど残っていた。

金利が下がり続けることが分かっていれば、固定金利のＪＨＦを繰り上げ返済して、変動金利の銀行借り入れをそのままにしておいた方がよかったわけだ。

金利理論の世界的権威であるヤシーヌ・アイトサハリア教授（プリンストン大学）によれば、資本主義社会では、一時的にはともかく、金利が四％を下回ることなかったという。金融工学の専門家である私は、この説を信じていたわけだが、金利は九〇年代に入ってから下がり続け、今やマイナス金利状態にはまり込んでしまった。このことをもって、「資本主義は死んだ」と主張するエコノミストもいる。

マイナス金利時代に、年三・一％（約四〇万円）の金利を支払うのはばかばかしいかと言えば、そうとも言い切れない。なぜなら、年に五万円ほどの団体生命保険料を払えば、死後に残った住宅ローンは、保険でカバーされるからである。

このようなわけで、相続のことを考えれば、これから先も借り続けるほうが有利だと思っていたのである。ところが、終活にとりかかったところで、保険契約書類をチェックしたところ、〝保険会社がローン残額を負担するのは満七〇歳まで〟という条項を発見した。いつ死んでもおかしくない老人の負債をカバーしてくれるほど、保険会社は鷹揚ではないのである。

そこで、ＪＨＦが事務委託している信託銀行に、残金の一括返済を申し入れた。ところが、二〇年前の契約書類がみつからなかったため、ローン契約を破棄するための手続きはとても厄介だった。

全くドジを踏んだものだが、これから先も三・一％の金利を払い続けずに済んだと思えば、悔しさは中くらいである。

ローンの残金を返済した後、私の金融資産は五七〇〇万円になった。一〇年前であれば、三人の子供たちにかかる相続税はゼロだった。しかし税法が変わったせいで、五七〇〇万円の金融資産とマンション・別荘を残して死ぬと、基礎控除額四八〇〇万（三〇〇〇万＋六〇〇万×三）を除いた部分（三〇〇〇万円くらいか。娘が私より先に死んだ場合は、四〇〇〇万）に対して相続税がかかる。

一人当たりの相続額が三〇〇〇万円以下の場合、税率は一五％だから、相続人が三人であれば、相続税は約五〇〇〇万円程度である。この程度の税金は仕方がないとしても、少ないに越したことはない。

〝子孫に美田を残さず〟という格言があるが、これは一〇億円単位の資産を持つ大金持ちの場合であって、保有資産が一億円に満たない小金持ちの私は、〝孫に教育費を残すべし〟と考えている。これから先子供たちが抱える最大の問題は、教育費である。特に国立研究機関勤めの長男にとって、四人の子供の教育費は、老後破産に直結する大問題である。

そこでおじいちゃんは、五人の孫たちに、毎年一定のお金を贈与しようと考えた。信託銀行に勤める知人に訊ねたところ、一人当たり年に一一〇万円以下の贈与には、税金はかからないという。つまり、課税対象額を一年あたり五〇〇万円、五年なら二五〇〇万円減らすことができるわけだ（節税額は約四〇〇万円）。

ところが、二五〇〇万円を贈与してしまうと、手元には三二〇〇万円しか残らない。「介護施設に入居することにしたので、一時金として二〇〇〇万円払わなければならない。申し訳ないけれど、一五〇〇万円返してちょうだい」と言うわけにはいかない。

そこで思いついたのは、息子に孫たちの銀行口座を作ってもらい、そこに毎年一定金額を振り込むことである。こちらで預金通帳、キャッシュカード、印鑑を預かっておけば、資産が目減りすることはない。五年ではなく一〇年生きれば、孫一人につき一〇〇〇万円の教育費が残って、相続税を払わずに済むわけだ。

ところが、会食の席で得意気にこの話をしたところ、お嬢様が税理士を務めている友人に、「それはダメ。たとえ贈与額が年間一一〇万円以下でも、君が通帳と印鑑を管理していると、君の資産とみなされて相続税の対象になる」と言われてしまった。

インターネットで調べてみると、その通りだった。つまりこれは、ヒラノ老人の猿知恵だったわけだ。かくして四年にわたってチマチマと振り込みを行なっていたおじいちゃんの努力は、徒労に終わったのでした。

「それでそうした」ですって? おじいちゃんは、潔く通帳と印鑑を息子に渡して、孫たちの教育費としてチマチマ使ってもらうことにいたしました。税金として国に召し上げられるより、この方がいいに決まっている。

少額贈与でも、親権者との間できちんと贈与契約を取り交わしておかないと、課税されるリスクがありますので、ご同輩の皆様ご注意下さいますよう。

私のような〝小金持ち〟でも税金対策は悩ましいものだが、一〇億単位の資産を持つ大金持ちは、知恵の限りを尽くして節税対策を講じているのでしょう。

クリーンな老人

一三〇〇万の住宅ローンを返済した私は、一円の負債もないクリーンな後期高齢老人になった。クリーンな老人について、もう一つ。

介護施設に入っている間に車を手放したことは、すでに書いた。車を持っていると、税金、保険、車検、駐車場代、ガソリン代などの年間経費がざっと一〇〇万円。これに車の減価償却費を加えると、一五〇万円になる。自宅に戻ってから、娘の慰問には電車を使ったから、五年半の節約額は八〇〇万円に達する。

五年以上一度もハンドルを握らないと、運転する自信がなくなる。アメリカ留学時代に、高校生でも一日勉強すればパスするような簡単極まる法規試験と、(法規試験ほど簡単ではない)実技試験を受けて免許を取り、帰国の際にそれを国際免許に書き換えて、日本国の免許証を取得した私は、S字運転や縦列駐車が苦手である(アメリカでは、縦列駐車する機会は少なかったし、多少路肩から離れていても問題にならなかった)。

帰国後は、免許更新の際の実技試験には難なくパスした。ところが、後期高齢老人の場合は実技試験だけでなく、健常者でもうまく答えられないような認知症テストがある。しばらく前に脳のＭＲＩ検査を受けたときは正常と判定されたが、その後二年近く経過しているから、認知症が始まっているかもしれない。

免許を更新すべきか、せざるべきか。妻が生きていれば、病院への送り迎えなどの仕事がある。たまには、ドライブに連れて行きたいと思うこともあるだろう。しかし、どこにも出かける気がない、都心住まいの独居老人に車は不要である。

しかも、長らくハンドルを握ったことがない老人は、高速道路の逆走や、アクセルとブレーキの踏み間違いで大事故を起こす可能性がある。自分一人が伊豆の国道一三五線から海に転落して死ねばＰＰＫだが、半端な形で生き残ったら一大事である。また人をひき殺せば、自分だけでなく、子供たちも悲惨な目に遭う。

そこで私は、七六歳の誕生日を迎える直前に、本所警察署に出かけて返上手続きを行い、その代わりに、〝運転経歴書〟というカードを頂戴した。これがあれば、身分証明書の代わりになる。またさまざまな特典（買い物の際の割り引きなど）があるということだが、まだ利用したことはない。

返上手続きに先立って窓口で、「将来自動運転が実用化された場合、免許証が無くても乗れますか」と訊ねたところ、係員は「当分そのようなことにはならないでしょう」と答えた。そこで「なぜでしょう」と訊ねると、にやりと笑って、「いろいろありますからね」とお答えになりました。

三つ年上の喜劇役者・伊東四朗氏は、文化放送の長寿番組『おやじパッション』で「しばらく前に免許証を返上したとき、少し早すぎたかなと悔やんだ」と言っていたが、私はそのようなことはなかった。むしろ清々したくらいである（これは強がりではありません）。

遺言書の更新

免許証返上の一年前、七五歳を迎えたところで、二〇年前に作成した遺言状の改訂作業を行った。一番確実なのは、公証人に作ってもらうことである。しかし、相続財産の金額に依存してかなりの手数料を取られるので、自分で作ることにした。

二〇年前に妻のリクエストに応えて作った遺言書は、〝私の死後、すべての財産を妻に贈る〟という簡単なものだった。そのころの純資産は、三〇〇〇万くらいだったが、三〇〇〇万円の掛け捨て生命保険に入っていたから、私の死後妻の手元には、買ったばかりのマンションと年金のほかに、老後を過ごす上で十分なお金が残るはずだった。

遺産が動産だけであれば、話は簡単である。しかし、北杜市（八ヶ岳山麓）の別荘と、現在住んでいるマンションをどうするかは大問題だった。

要介護度五の娘には、別荘もマンションも使い道がない。一方、天体観測や昆虫採集が好きな長男にとって、山の別荘は絶大な価値がある。定年退職後は、かなりの時間をここで過ごしたいと思っているようだ。

一方、妻が建物の設計図を書く際に手伝った次男も、別荘を手に入れたいと思っている可能性がある。娘が元気であれば、必ず名乗りを上げるに違いないと踏んだ私は、九〇年代末に、隣接する一五〇坪の土地が競売に出されたとき、この土地を競り落とした。

競売に参加したのは、後にも先にもこれ一回だけであるが、五万円の違いで不動産業者に競り勝ったとき、自分にギャンブラーとしての才能があることを再確認した（株式投資や債券投資というギャンブルでも、まずまずの収益を上げた）。

すでに別荘ブームは下火になっていたから、値上がりする見込みはなかったが、それまで所有していた二五〇坪と合わせれば四〇〇坪になるので、是非とも買っておきたかったのである。

北杜市には、〝新しい別荘を建てるときには、一五〇坪以上の土地があることを条件とする〟という条令がある。したがって二五〇坪の場合、二人で分割すると家を建てられないが、一五〇坪を買い足すことで、この問題をクリアできるのである。

墨田区のマンションは、民間の賃貸アパートに住んでいる次男に譲るのが順当だろう。別荘とマンションの資産価値はほぼ同額だから、これで丸く収まるのではなかろうか。

私の父が死んだとき、三人の息子たちは、母が遺産のすべてを受け継ぐことに同意した。母が死んだときは、家の借地権を地主に買い取ってもらった現金と、少しばかりの預金があった。相続手続きは、すべて銀行勤めの兄に任せた。兄は公明正大な人だったので、何も問題は起こらなかった。

私が死んだあと、どのようなことになるか多少の心配はある。しかし、長男と長女、長男と次男の関係はひとまず良好だから、もめ事は起こらないと信じることにしよう。

遺産配分が決まった後は、遺言状の作成である。書式をダウンロードして、一字一字丁寧に書いていくのだが、利き手の指が腱鞘炎に罹っているので、うまく書けない。という次第で、この仕事には丸一日かかった。遺言状は密封したうえで、封書の表に〝弁護士立ち合いの上でなければ開封不可〟という文字を記した。

遺言状を書き直したついでに、銀行口座の残高と暗証番号、證券会社の口座番号、自分が死んだときの連絡先リスト（一ダースあまりの友人・知人のメールアドレス）などを作成し、息子たちにメールで送付した。

また葬儀は身内だけで執り行い、友人への連絡は葬儀の後で行うよう依頼した（老人にとって、暑い夏や寒い冬の葬儀に参列するのは辛いので）。中学時代以来の親友も、「葬儀には誰も呼ばずに、ベートーベンの交響曲第七番を流すよう頼んである」と言っていた。

10　平均寿命を目指して

娘の回想録

先に八〇歳まで生きることに決めたと書いたが、その理由は娘より先に死ぬわけにはいかないことと、それが日本人男性の平均寿命であることのほかに、一〇年間の独居生活を全うすれば妻に褒めてもらえること、そして半世紀ぶりの東京オリンピックを観戦したいからである。

陸上の男子四〇〇メートルリレーで、日本チームが金メダルを取れば、心臓が破裂して死ぬかもしれない。そのとき友人たちは、〝これぞＰＰＫ〟と羨むだろう。

ではこれから先の三年を、どのように生きるべきか。まずは健康に留意して、娘より一日でも長く生き続けることである。

娘が患う難病は、発病後一〇年程度で誤嚥性肺炎を起こして死亡するケースが多い。大方の予想に反して、妻が一五年も生きたのは、セレジストという特効薬と、〝夫が定年を迎えるまでは生きていよう〟という強い意志によるところが大きい。

一方の娘は、三〇代初めに発病してからすでに一六年が経過し、要介護度五の認定を受けてからも三年近く経っている。妻と違ってセレジストとの相性が悪いので、ここ何年か服用していないし、延命治療を拒否しているから、三年以上生きる可能性は小さい。しかし、大脳の機能は正常で、母親より体力と気力が勝っているから、二年くらいは生きるかもしれない。

ケアマネージャーによれば、娘は一日に三〜四時間〝回想録〟を執筆しているということだ。もはやキーボードを叩くことは出来ないので、大学時代のゼミ仲間がプレゼントしてくれた、眼球の動きで文字を入力する特別なコンピュータを使って、文章を書いている。

言葉を話すことが出来ない娘を見舞うたびに、老親の胸はつぶれる。遺伝子治療の進歩は著しいから、妻のように発病が五〇代半ばであれば、病気の発症を遅らせることが出来た可能性がある。しかし、今となっては手遅れである。

どのような内容であるか分からないが、回想録が完成した時に、〝自分という人間が存在したことの証として出版したいので、協力してほしい〟と頼まれたら、どうすればいいだろうか(ケアマネージャーには、そのようなことを言っているらしい)。

無名女性の回想録を出版してくれる商業出版社はない。自費出版であれば、一〇〇万円程度で出してくれる会社があるから、費用面での問題はない。しかし、出版するからには、原稿の推敲が必要である。

娘に手を加えてほしいと頼まれたら、断るわけには行かないが、これは気が重い仕事である。

病気になるまでの娘と私の関係は、良好とは言えなかったからである。

私と母の関係も良好ではなかった。その主な原因は、

・長男を東京の名門高校に入れるために、小学生の次男を一年間静岡に置き去りにしたこと（おかげで自立心が養われた）。

・高熱を出している息子よりも、「『資本論』勉強会」を優先したこと（おかげでマルクス主義にかぶれずに済んだ）。

・大学時代に、ビールを一本飲んだだけで、「飲んだくれの放蕩息子」と罵られたこと（おかげでアル中にならずに済んだ）。

・「清く貧しく美しく生きなさい」「『資本論』を読めば、お前も少しはまともになる」というセリフで耳にタコができたこと（おかげでギャンブルや金儲けに走らなかった）。

『工学部ヒラノ教授のおもいでの弁当箱』（青土社、二〇一六）で、このような事実を暴露したところ、私と同世代の女性から電話があった。

「お母さまの世代の（教養がある）女性の大半は、マルクス主義を信奉していました。私の母もそうでした。私は中学時代以来高校を卒業するまで、夕飯の支度をやらされていました。あ

なたのお母様は、私の母よりずっとましです。ひとまず、家事はやっていたのですから」

一九一二年生まれの母は、五年後に起こったロシア革命の洗礼を受けた。母を弁護した女性の母親もそうだったのだろう。ある右寄りの評論家は、「マルクス主義を信奉する親を持つ息子は、ぐれる確率が高い」と言っていたが、私がぐれることなくここまで生きることが出来たのは、資本主義を信奉する友人たちのおかげである。

話を本題に戻そう。大手生命保険会社に勤めていた娘は、学生時代から自信家で上昇志向が強かった。三二歳で発病するまでは、重役になるつもりだと言っていた。

発病するしばらく前のことだが、娘から次のような厳しい手紙をもらったことがある。

〝ママに聞いたけど、雄介（私の次男）に手を焼いているそうね。でもそれってね、全部パパの責任なのよ。だってパパは、あんなにおばあちゃんを嫌っていたくせに、子供たちにやったことは、おばあちゃんと同じなのよ。子供を自分の思い通りにしようとしたり、頭の良さだけで評価してきたんだから。頭が悪い人には価値がないってわけね。だから雄介に嫌われても自業自得なのよ。この機会に少し考え直した方がいいと思うよ……〟。

私はこの手紙を読んで絶望した。〝幸せだと思っていた子供たちとの時間は、娘にとっては不幸な時間だったのだ。「それは誤解だ」と弁解したところで、もう手遅れだ〃。私は隅田川べりの公園で声を上げて泣いた（声を上げて泣いたのは、仲良しだった女の子が、ピーナッツをのどに詰まらせて死んでしまった、小学校一年生の時以来である）。

私は娘が父親を恨んでいることを知っていた。しかし、娘がなにゆえに父親を恨んでいるかを知ったのは、十数年前である。夫からＤＶを受けている娘を介護施設に入れようとした時、私は二時間にわたって娘の夫に罵倒された。

「いまさらおやじ面をされても笑っちゃいますよ。こいつがいつも、あなたのことを何と言っているか教えてあげましょうか」で始まる糾弾の内容は、以下のようなものだった。

・父親の都合で四年半も外国暮らしにつき合わされて、家族全員がひどい目に遭った。後年母が心室頻拍に罹ったのは、このときの苦労が原因だ。
・小学生のころから象の飼育係になるのが夢だったのに、獣医大学を受けさせてもらえなかった。
・おばあちゃんのように、「東大以外は大学ではない」とまでは言わなかったが、国立大学しか受けさせてもらえなかった（おかげで一年浪人してしまった）。
・兄と弟に挟まれて冷遇された。その証拠に、兄と弟には大学院まで学費を出したのに、私は学部を卒業したらすぐ就職しなさいと言われた。

・母を家庭の中に閉じ込めることによって、優れた才能を潰した（妻は子育てこそが自分の天職だと言っていたのだが）。

・仕事一辺倒で、家族のことは何も考えてくれなかった。

私自身は娘を差別したつもりはない。しかし（妻によれば）、私の母も次男を差別したとは認めなかったという。差別されたと思うか思わないかは、その人次第である。実際妻は、姉に比べて明らかに冷遇されたにもかかわらず、親を恨んではいなかった。

言われてみれば、私には娘の面倒を見た記憶がない。風呂に入れてやったこともなければ、おむつを替えてやったこともない。もちろん悩みを聞いてやったこともない。

母親に差別された私は、自分が親になったら、子供たちを差別しないよう気を付けていた。実際、上の二人については、完全に平等に扱ったつもりだった（どちらもほとんど面倒を見なかったのだから）。娘もそのことは認めてくれるだろう。

しかし、娘より九年あとに生まれた次男を、特別に可愛がったことは認めざるを得ない。スランプに喘いでいた筑波大時代に生まれた次男は、鳶が鷹を生んだような息子だった。モンスターや非情な中国人教授に痛めつけられて、自信を無くしていた私は、この息子のおかげで生き返ったのである。

私の父は八つ違いの弟を特別に可愛がったが、それは当然だと思っていた。なぜなら、弟は私よりずっと可愛かったからである。だから、父親が娘と九つ違いの次男を特別に可愛がっても、嫉妬するようなことはないだろうと考えていたのである。

そうではなかったことを知った私は、大きなショックを受けた。発病後数年して娘が夫と協議離婚してからは、一〇年以上にわたって私が経済的な面倒を見たが、その程度のことでは、娘の心の中の黒い塊は消えないだろう。娘を可愛がらなかったことは、妻に暴力をふるったことに次ぐ痛恨事である。

わずか四九年分の回想録だから、かなりの部分は子供時代と親子関係に充てられるだろう。外面《そとづら》とは裏腹な、家庭内での行状を暴露されたら、ヒラノ教授の評判はがた落ちになる（今更落ちても気にすることはないが）。

その一方で、週刊誌などが、眼球の動きで原稿を書いたことや、娘に恨まれている父親が文章に手を入れたことを取り上げれば、ベストセラーになる可能性がある。

しばらく前に、ある出版社が出している情報誌から、理工系の若手大学教員が書いたフィクションの書評を頼まれたことがあった。荒唐無稽な内容だったが、なかなか面白かったので、〝作者はこれから先、作家と研究者の二刀流生活を続けるのだろうか〟という趣旨の文章で書評を締めくくった。折から大谷投手の二刀流に、賛否両論が戦わされていた時期である。

印刷された文章を読んだ私は赤面した。職業欄に〝作家〟と記されていたからである。Wikipedia の人物紹介に記された〝著述家〟より格が高い〝作家〟となると、穴にでも入りたい気分だった。

畏友・野口悠紀雄氏は、『「超」整理法』（中公新書、一九九三）、『「超」勉強法』（講談社、一九九五）という一〇〇万部超のベストセラーを連発したあとも、次々と一〇万部に達する『超』シリーズを出した。沢山本を書いたが、最高でも四万部程度のヒラノ教授とは二桁の違いがある。

売れない老作家が、ベストセラー作家（と言っても一〇万部程度）になる最後のチャンスは、娘の原稿に手を加えて、〝父娘合作の父娘確執物語〟を出版することである。ジェーン・フォンダは自伝の中で、父親であるヘンリー・フォンダとの確執を赤裸々に描いているが、父親はこの本に関与していない（これまでに、このような本を出した父娘はいるでしょうか。知っている方がおられたら、お知らせください）。

娘の回想録がベストセラーになれば、父親の不良在庫は一掃される。しかし、父親はリスキーな部分を削除すべきかどうか迷うだろう。生々しければ売れるが、そのような本を出すと、娘以外の家族に迷惑がかかるからである。

その一方で、ベストセラーになれば、子供たちに多額の印税が入るから、歓迎される可能性もある。

孫たちの支援

次にやるべきことは、五人の孫たちを出来る限り支援することである。

一番上が中学三年、一番下はまだ三歳だから、全員が大学を出るのは二〇年後である。そこまで生きていることはありえないが、八〇歳まで生きれば、孫たちの口座には、それぞれ五〇〇万円が入金されることになる。これだけあれば、大学の授業料のかなりの部分をカバー出来る。

長男のお嫁さんは、「私たちと一緒に住んで、子供たちの家庭教師を務めてくれませんか」と言っているが、喜寿を超えた老人にこの仕事は務まらない。英語と国語は何とかなるとしても、問題は数学（!!）と物理である。

私は新婚時代に、高校生に数学と英語を教えて生活費を稼いでいた。大半は私立大学文系学部志望の学生だったので、英語も数学も楽勝だった。しかし最近、数学について自信をなくす事件が起こった。

それは、平方根の計算方法を忘れてしまったことである。たまたま電卓の電池が切れていたので、久しぶりに自分で三ケタの数の平方根を計算することにしたのだが、計算方法を思い出せないのである。中学時代に覚えたときに、なぜそうすればいいのかを教えてもらわなかったせいである（数学や理科は、なぜそうなのかをしっかり理解しておかなければだめだ、ということである）。

私の脳みそはパニックを起こした。幸い五～六分後に思い出したが、この分では三角関数でも苦労する可能性がある。

東工大時代に、二〇年にわたって入試監督を務めた私は、監督中に本を読んだり論文を書いたりすることは禁じられていたので、英語と数学の時は、問題解きで時間をつぶした。

学生時代に〝分かった感覚〟が身につかなかった力学の問題は、難しくて手も足も出なかった。一方数学と英語には自信があったので、毎回チャレンジした。

英語力は衰えていなかったが、数学力は違った。四〇代の間は、一時間少々ですべての問題が解けた。ところが五〇代に入ると、二時間かけても解けなくなった。そして定年を迎えるころには、解こうとする意欲が失せた。日々劣化する脳みそが、若いころのように働いてくれないのである。

東大の「応用物理学科・数理工学コース」を出た元東工大教授が、大学入試の数学で躓いたら、息子も孫もお嫁さんも驚くだろう。また、孫たちの誰かが理工系大学を受験することになったら、物理についても質問される。答えられなかったら、〝おじいちゃん、ばかになっちゃったのね〟と思われること必至である。

一緒に住むと、これ以外にもあれこれ問題が起こる。〝やはり同居は見合わせて、外野から孫たちを応援する方が賢い〟。

不良在庫の処理

次は六冊分の在庫原稿を、不良在庫で終わらせないよう努力することである。

幸運なことに、二〇一七年になって、在庫の中の一冊『工学部ヒラノ教授の中央大学奮戦記』が青土社から出版された。

これまでヒラノ・シリーズが取り上げたのは、筑波大と東工大という日本の国立大学と、スタンフォード大、ウィスコンシン大、パデュー大というアメリカの大学だった。

かねて読者（中大関係者）から、「いつになったら、中大についてお書きになるつもりですか」という督促があった。本人だけでなく、読者の中にも生き急いでいるヒラノ教授の寿命はいつまで持つか、を心配する人がいるのである。

一冊分の材料があるかどうか定かでなかったので、後回しにしていたのだが、書き始めると書くことはたくさんあった。

この本が出版された後も、五冊分の在庫が残った。うち一冊は『工学部ヒラノ教授のはじまりの場所――世田谷少年交差点』（青土社、二〇一七）として出版された。

冒頭で、〝なるべくゆっくり書くよう努めるつもりだ〟と書いたにもかかわらず、二〇一六年一二月初めに書き始めたこの原稿は、六週間で二六〇枚ほど書き上がった。この分では、大腸憩室を発症しない限り、五月中には脱稿しそうだ。現役時代に身に付いた拙速病は治らないようである。

ではこの原稿が完成した後は、何をやればいいのか。まずは、三年にわたって改訂を続けてきた大学小説の改訂作業である。

事実をもとにしたノンフィクションと違って、フィクションの場合、著者に与えられる選択肢は無限である。物語を膨らませるために、新しい登場人物や出来事を創作するうちに、四〇〇字詰原稿用紙三〇〇枚に満たなかった原稿は、五〇〇枚を超えてしまった。本の形にすれば、三〇〇ページを超える大作である。有名作家でなければ、このような本は出してもらえない。

出してもらうためには、一〇〇枚ほど減らさなくてはならないが、これは新しく一〇〇枚書くより多くの時間がかかる。この作業には半年くらいかかりそうだが、時間はいくらでもあるしほかにやることはないので、ちょうどいい具合だ。

また娘の回想録や、関係者が死に絶えるまでは出版できない二冊のノンフィクションの改訂にも、十分な時間を割くことが出来る。

かくしてヒラノ教授は、ブルックナーのようにエンドレスな改訂に時間をつぶしているうちに、三度目の定年退職（一度目の人生退職）の日を迎えるのである（ジャーン！）。

最後の二冊は、永遠の不良在庫で終わる可能性が高いが、定年後に書いた二三冊中の二〇冊が出版されれば、〝語り部場所〟で二〇勝二敗の成績を挙げたことになる。これは〝研究者場所〟に匹敵する好成績である。


『バック・トゥー・ザ・フューチャーⅡ』


中大を退職してからも、私は毎年一月二日と三日の朝、箱根駅伝をテレビ観戦していた。赤ヘル軍団とそっくりの橙色のCマークを胸につけて走る、中大チームを応援するためである。

ところが、ここ数年不振続きだった中大は、二〇一七年の出場権を逃してしまった。中大OBにとって、あってはならない不祥事である（藤原新監督がネジを巻いたおかげで、二〇一八年度の出場権を取り戻したが、シード権を獲得できるかどうかは微妙である）。

中大が出場しない駅伝を見るのは空しいので、ケーブルテレビで『バック・トゥー・ザ・フューチャーⅡ』を見た。

最初にこの映画を見たのは、一九八九年にアメリカ出張から帰る飛行機の中だった。フィラデルフィアの街にあふれる、赤ん坊連れのホームレス夫婦（バブルに沸く当時の日本では、ホームレスはほとんど見かけなかった）の姿を見た直後だったので、ビフ・タネンというジャイアンに支配される、二〇一五年のアメリカに強い衝撃を受けた。

久ぶりにこの映画を見て、二八年も前に脚本を書いた、ロバート・ゼメキスとボブ・ゲイルの先見の明に感心した。彼らは、レーガン＝クリントン＝ブッシュ政権の〝富裕層優遇政策〟、〝グローバリゼーション政策〟の行きつく先と、トランプというジャイアンの登場を見通していたのである。

私の世代は、物心ついたころからアメリカ文化に浸って過ごした。脱脂粉乳の学校給食から始まって、西部劇、ミュージカル、ジャズ、ロック、電化製品、ホームドラマ、自動車、エトセトラ。若者にとって、アメリカは憧れの的だった。

私は二七歳の時に二人の友人とともに、『二一世紀の日本――一〇倍経済社会と人間』（東洋経済新報社、一九六八）を上梓した。二一世紀初頭の日本は、現在の一〇倍規模の経済を実現し、アメリカと肩を並べる可能性がある。ではそれを実現するためには、現在何をしなければならないのか、また一〇倍経済社会には、どのような問題が潜んでいるか、などについて〝青臭く〟論じた。

三人の若者はこの本の中で、〝一〇倍経済社会を目指す上での最大の問題は、アメリカナイゼーションをどのようにとらえるかである〟と書いた。滔々と流れ込むアメリカ文化を無批判に受け入れれば、日本はアメリカのような国になってしまうがそれでいいのか、と。

しかし、今になって考えると、この当時のわれわれは、日本のアメリカ化をそれほど深刻にはとらえていなかった。日本にはまだアメリカに学ぶべきものが沢山ある、と考えていたのである。大学システム、政治制度、自由な言論、自己責任、豊かな食生活……。

日本はアメリカの優れたものをどん欲に取り入れた。それとともに、困ったものもどんどん流入した。

四半世紀ぶりに『バック・トゥー・ザ・フューチャーII』を見て思ったことは、かつて〝どうしようもなく悪いジャイアンだ〟と感じたビフ・タネンは、二七年後に登場したドナルド・トランプ大統領より、〝遥かに可愛らしい〟ということである。

二〇一五年の世界でビフ・タネンが権勢をふるうのは、アメリカのさびれたローカルタウン（未来のニューヨークか？）だけであるのに対して、トランプ大統領は全世界を混乱に陥れている。ツイッターを振り回して、自分と異なる意見をすべてフェイクだと断定する〝ポスト・トゥルース戦略〟は、大統領に就任してからも全く変わらない。

カーター大統領の失政に乗じて、レーガン氏が大統領になり、「スターウォーズ計画」をぶち上げた時、ラッファー曲線という根拠薄弱な理論に基づく富裕層中心の大減税などを行った時、私はアメリカの行く末に不安を感じた。

心配した通り、レーガン時代にまかれた種によって、富裕層への富の集中が進み、二〇一六年には、上位一％の人が国富の一六％を所有するようになった。この結果二〇一五年には、強欲の象徴であるウォール街で、〝反ウォール街デモ〟が起こっている。

トランプ氏が大統領になったのは、これまでのグローバリゼーション政策、金持ち優遇政策の下で拡大した〝敗者たち〟の不満を、ポスト・トゥルース戦略で掬い上げたからである。

大災害

これまで七七年に及ぶ人生で、私が最も怖い思いをしたのは、ソ連とアメリカが核戦争一歩手前まで行った、一九六二年のキューバ危機の時である。あの時は、ケネディvsフルシチョフのチキン・ゲームだった。フルシチョフが失脚覚悟で思いとどまってくれたおかげで、私は七七歳まで生きることが出来た。

その後レーガン大統領が「スターウォーズ計画」を発表した時も、レーガンvsブレジネフの対決に震えた。コンピュータ・プログラムにバグがあれば、人類が消滅するかもしれないからである。幸いレーガン大統領は、側近たちの意見に耳を傾け、過激な行動を慎んだ。またブレジネフも力の行使を自粛した。

スタンリー・キューブリック監督は、一九六五年に公開された『博士の異常な愛情』という映画で、ストレンジラブ博士というマッド・サイエンティストが、核戦争を引き起こすプロセスを描いているが、トランプvs金正恩のチキン・ゲームによって、核戦争の危機が現実になるかもしれない。

実際、トランプ氏が大統領になって間もなく、世界終末時計は三〇秒進められ、二分三〇秒になった。二分台に入ったのは、米ソ冷戦が激化した一九五三年以来である。

トランプ大統領の行動次第では、私が生まれた一九四〇年に開催されるはずだった東京オリンピックが中止に追い込まれたように、二〇二〇年の東京オリンピックも開催されずに終わるかもしれない。

今はただ、これから先の三年あまり大災害が起こらないこと、二〇二〇年の大統領選挙で、もう少しまともな人物が大統領に選ばれることを願うばかりである。

喜寿老人の繰り言

酒屋のおばあさんのおばあちゃんと違って、私はリヤカーを引いて火の中を逃げ回ることはなかったし、父親の世代と違って、兵隊に取られることもなかった。少年時代から恐れていた核戦争、東海大地震、首都直下型地震も起こらなかった。

いくつかのきわどい事件はあった。ベルリン封鎖、朝鮮戦争、キューバ危機、中東戦争など。これらの危機は、私の横を通り過ぎて行った。そして日本は、数々の危機を切り抜けて驚異的な経済発展を遂げ、一九八〇年代にはエズラ・ヴォーゲル教授（ハーバード大学）に、〝ジャパン・アズ・ナンバーワン〟と持ち上げられるようになった。

このころの私は思っていた。〝日本はもう十分豊かになった。これから先は、世界一を目指すより、現在の豊かさをいかにして維持するか、また世界ナンバーツーの富を何に使うかを考えるべきではないか〟と。

ところが、一九五二年生まれのさだまさしが一九八九年に『風に立つライオン』で歌ったように、日本という国はここで道を誤ったのである。バブルに浮かれて勤勉さを失った日本は、〝失われた二〇年〟を経て衰退フェーズに入った。

政府は新たな成長を目指すべく、何本もの矢を放った。しかし、矢は的に当たらなかった。中には、かつては決して放ってはいけない、と考えられていた矢もあった。

たとえば、日銀による国債の大量買い上げは、大インフレを起こして国債を無価値化する以外に抜け出す道はない。経済評論家の中には、（GDPが増えれば）国の借金はいくら増えても気にする必要はないと言う人がいる一方で、円の価値が暴落する時が迫っていると言う人もいる。

一九九〇年代末のロシア通貨危機の時、一ルーブル一七円だった為替レートは、あっという間に四分の一の四・五円になった。そして二〇年を経た現在のレートは、一〇分の一以下の一・六円に過ぎない。

円の価値が現在の一〇分の一になれば、第二次世界大戦後に経験した食糧危機がやってくる。戦後の焼け野原から始まって、急上昇、急降下、そしていま緩慢な衰退に向かう日本とともに七七年を過ごしたヒラノ元教授の孫たちには、どのような未来が待ち受けているのだろうか。

あとがき

青土社の編集者と『工学部ヒラノ教授の中央大学奮戦記』に関する打ち合わせが終わった後、「次は『工学部ヒラノ教授の終活』を書いていただけませんか」というリクエストを頂戴した。

二〇世紀中に出した本の大半は、出版社の求めに応じて書いた〝依頼原稿〟だったから、たとえ売り上げが芳しくなくても、責任の大半は出版社にあった。

ところが、〝工学部の語り部〟になってから書いた本の大部分は、出版社に頼んで出してもらった〝持ち込み原稿〟である。この場合、売れ行きが悪いと、責任の半分以上は著者にある。そのようなわけで、私はこの五年半ずっと小さくなって暮らしてきた。

この原稿は、準・依頼原稿として扱ってもらえることが分かったので、執筆意欲は盛り上がった。しかしこの本を出した後は、何もやることが無くなるので、十分に時間をかけた。

本文を書き終えたところで、一六年間の闘病の末に娘が旅立った。亡くなる前日まで回想録の執筆に取り組んでいたが、急に体内の酸素濃度が低下して意識不明になった。かねてより延命治療を拒否していた娘は、満五〇歳まで数カ月を残して逝った。

残された回想録——解読にかなりの時間を要すると思われる——を読むと、発病当初は自分の不運を嘆いていたが、ここ数年は穏やかな心境で過ごしていたようだ。

五年ほど前から言葉が話せなくなったため、慰問の際にはこちらが一方的に話しかけるだけだった。ケアマネージャーに聞いたところでは、二カ月に三回ほど、レトルト・ウナギ、プリン、虎屋の羊羹などを持って慰問に訪れる父親の話を聞くのを楽しみにしていたということだ。

介護施設に入居してからの一三年間に、私は三〇〇回以上慰問に訪れたから、合計で一〇〇〇時間近く言葉を交わしたことになる。元気だったころ、二人だけで話をしたのはこの一〇分の一以下だった。

介護費用の負担がなくなったので、私は年金だけで暮らしていけるようになった。またお墓を買ってあったおかげで、娘の遺骨をどこに埋葬するかで悩まずに済んだ。妻はこの日のことを見通していたのかもしれない（妻がお墓を買ってほしいと言ったのは、娘の病名が確定した時期と重なっている）。

最後に一つ。思い切って背広を三着捨てた直後に、友人から「老人にもおしゃれは必要だ。むしろ老人こそおしゃれをしないと、むさくるしい爺さんになってしまうぞ」と忠告された。その通りだと思った老人は、一五年ぶりに背広二着を新調し、柄にもなくおしゃれなシャツを三枚購入した。

この結果、またまた捨てるべきものが増えてしまった。しかし、大きな買い物はしなかったので、次の断捨離は二日もあれば済むだろう。ところ何が起こるかわからないものだ。パソコンが壊れる、ＤＶＤプレーヤーが動かない、洗濯機の脱水機能が問題含み。いずれも耐用年数（七年）を経過しているが、これから先テレビ、冷蔵庫、電子レンジもアウトになるかもしれない。

耐用年数といえば、私の耐用年数も尽きているので、これから先は、友人たちの〝ＰＰＫ合唱隊〟に加えてもらうことにしよう。〝望ましい二人称の死〟のための準備はほぼ終わったし、娘が亡くなった今、私はいつ死んでも誰も困らない身分になったのだから。

最近ある研究者が発表したところによれば、次の六つの条件を満たす人はＰＰＫを全うできる可能性が高いという。

こまめに運動する人。十分かつ良質な睡眠をとる人。コレステロールが高めの人。体重が多めの人。毎日適度なお酒を飲む人。断熱性がある家に住んでいる人。

最後の一つ以外は、すべて私に当てはまる。暖房機器を働かせれば、六つめの条件を満たすことも可能だ。

健康科学者が言うことは当たるも八卦、当たらぬも八卦であるが、私はこれから先もこの六条件を守って、ピンピンコロリで妻と娘に会いに行くことにしよう。

最後になったが、いつもながら熱い激励をいただいた、青土社の菱沼達也氏に厚くお礼申し上げたい。

二〇一七年一一月

今野浩

著者　今野浩（こんの・ひろし）
一九四〇年生まれ。専門はORと金融工学。東京大学工学部卒業、スタンフォード大学OR学科博士課程修了。Ph.D., 工学博士。筑波大学助教授、東京工業大学教授、中央大学教授、日本OR学会会長を歴任。著書に『工学部ヒラノ教授』、『工学部ヒラノ教授の事件ファイル』、『工学部ヒラノ教授のアメリカ武者修行』（以上、新潮社）、『工学部ヒラノ助教授の敗戦』、『工学部ヒラノ教授と七人の天才』、『工学部ヒラノ名誉教授の告白』、『工学部ヒラノ教授の青春』、『工学部ヒラノ教授と昭和のスーパー・エンジニア』、『工学部ヒラノ教授の介護日誌』、『工学部ヒラノ教授とおもいでの弁当箱』、『工学部ヒラノ教授の中央大学奮戦記』、『工学部ヒラノ教授のはじまりの場所』（以上、青土社）、『ヒラノ教授の線形計画法物語』（岩波書店）など。

工学部ヒラノ教授の終活大作戦

2018年1月22日　第1刷印刷
2018年2月 9 日　第1刷発行

著者――今野 浩

発行人――清水一人
発行所――青土社
〒101-0051　東京都千代田区神田神保町1-29　市瀬ビル
［電話］03-3291-9831（編集）　03-3294-7829（営業）
［振替］00190-7-192955

印刷・製本――シナノ印刷

装幀――クラフト・エヴィング商會

Printed in Japan
ISBN978-4-7917-7041-0　C0095